吉田健一未収録エッセイ

yoshida ken'ichi

吉田健一

島内裕子編

講談社文芸文庫

まんがのつくり方

目次

I

おたのしみ弁当

吉田健一未収録エッセイ

I

お酒と講演旅行――南東北、新潟地区講演会報告

今度の顔触れは丹羽文雄氏、亀井勝一郎氏、今日出海氏、近藤日出造氏、及び筆者で、新参のものが報告の記事を書く仕来りになっているらしい。出発する前からそのことを聞かされていて、気が重い。もう一つ、一行の中で丹羽文雄氏だけ初対面で、初対面の大家などというのは有難くないと思うと、これも気が重くなる種である。

上野駅に着いて見ると、先輩諸氏は皆揃っていて、今さんだけいないのは、その日、新橋演舞場で舞台稽古をすませてから、翌日出発して、新津で我々の一行に加わることになっているのだそうである。

この他の顔触れは、文春側から小野詮造氏（小野文春）、「文春」編輯部の田中健五氏、経理部の加藤新太郎氏。予定のコースは先ず会津若松に行き、それから新津、酒田、新潟、そして柏崎で終ることになっている。前に渡された日程表に、一々到着の時間の他にその晩泊る宿屋と、そこの電話の番号まで書いてある。実は、途中で家に置いて来たこと

に気が付いて、しまったと思ったのであるが、説明を聞いて見れば、電話の番号は家で何か起った場合に電話を掛けて寄越せるようにとの心遣いからだそうで、初めから家に置いて来る為に作られたものであることが解った。随分親切な社もあったものである。

隣の席がいきなり丹羽文雄氏で、はにかんでいる暇などなかった。プールの冷い水の中に飛び込む思いだったが、当って見れば春風駘蕩、お風呂に浸って外で柳の枝が揺らぐのを眺めているような感じがする人物である。汽車が出る間際になって、送りに来た文春側の人に「オール讀物」の締切の延期を言い渡し、早速、鞄からシナリオの草稿を出して手を入れ始める。気難しいのではなくて、忙しい方の大家である。

午後の何時頃か、要するに、上野を午前八時五十分に出た急行列車「あおば」が着く時刻に郡山に着いて、ここで会津若松行に乗り換える。汽車が出るまでに時間があり、「あおば」の食堂車で飲んだビールが後を引いて、亀井さんと二人で持てるだけのビールを駅の売店で買い込んだ。併し二人で持てる位の分は大したものではなくて、汽車が出ると間もなくなくなってしまった。近藤さんは余り飲まない。胃潰瘍を押して来ている由、恐らく飲み過ぎよりも、過労の為に違いない。近藤さんも旅行中にやらなければならない仕事を持って来ている。

午後三時三十四分に会津若松に着く（日程表による）。土地の有力者と覚しき方々多勢に出迎えられて、早速、随行員のような顔をしていることに決めたが、人数が向う側に通知してあって、永持ちがしなかった。特別仕立てのバスで飯盛山の白虎隊の遺蹟を見物に行き、お墓に参拝して、それから又バスに乗って鶴ケ城址を見物に行きここで我々の為に獅子舞が舞われた。こっちはてんてこ舞している感じである。その後で、やっとその晩泊る東山温泉の原滝新館に着いたが、一風呂浴びると、もう講演の時間である。

場所は若松市の公会堂で文藝春秋の講演会の報告にはいつも、どこに行っても超満員と書いてあるのは本当なのだろうかと思っていた所が、実際一杯来ている。会場が狭く、千八百名ということである。近在からは団体で貸切バスに乗って来るのだそうで、何故この企画がこんなに人気があるのか解らない。一番は自分で、文化論をやっている積りなのだが、何を言っているのか、自分にも解らない。拍手も、笑い声も起らない。併し控え室で聞いていると次に云った亀井さんの「言葉について」という講演には拍手も、笑い声も起って、大変な受け方のようだった。亀井さんのが終る頃にそれまで宿屋で原稿を書いていた丹羽さんと近藤さんが着いて、それでもまだ亀井さんの講演は続き、まだ拍手や喝采が起っている。後の人達が又拍手されたり、喝采されたりするのを聞いていてもしようがないので、亀井さんの講演が終ったのを機会に、二人で先に東山温泉に帰ることにした。この日、丹羽さんの演題は「小説の読み方」、近藤さんのは「漫談」。宿屋に帰ってから、亀井さんの部屋で酒を飲んだ。「花春《はなのはる》」というので、実に旨い酒である。そのうちに皆帰って来て、それから宴会に行って出た「清滝」という酒も旨かった。「花春」は甘口で、「清滝」は辛口である。

翌日、午前十一時四十五分発の汽車で新津に向う。途中、どこの駅に止っても、赤地に梅鉢か、日輪か、何かそういう紋を白く抜いた旗を振りながら群って来る見送り人があるので、我々が大本教の教祖、でなければ、その姪か何かに当る婦人と同じ汽車に乗っていることが解った。我々の出迎えだの、見送りの比ではない。第一、皆本当に嬉しそうな顔をしている。宗教と文化の違いである、と思ったら、その文化という言葉で、前の晩の二日酔いも手伝って吐きそうになった。これまでの所、空は曇っても、雨が降るまでに至らない。丹羽さんが一行の中にいると雨続きで、近藤さんがいれば天気続き、まだ近藤さんの方が勝っている形である。

午後二時四十二分に新津に着いて、梅屋旅館に行き、丹羽さんと近藤さんは講演まで原稿を書続ける為に、銘々の部屋に引き取る。丹羽さんはその朝、東山温泉で既に十五枚書いたそうで、精力家である。その割には、余り酒を飲まない。亀井さんと自分は旅館の二階で開かれた、土地の有志との座談会に引っ張り出される。眠くて腹が減っている上に、質問が主に亀井さんに集中するので、眼を開けているのがやっとである。「親鸞の教えは」、「これからの仏教のあり方は」、という風なことを聞く人達に亀井さんが答えるのを夢うつつのうちに耳に挟み、やがて自分の番が廻って来て、「文学が商品化されるのなんていやじゃありませんか」などと言われても、答える元気がない。

この日の講演会は第一小学校講堂で、今度は亀井さんが先に喋ってくれる。ここも一杯、三千名程。自分の話をすませて控え室に戻ると、丹羽さんも近藤さんも来ている。紙が用意されていて、皆に何か書いて貰いたいということである。丹羽さんなんか馴れたもので、さらさらと何だか読めない達筆な字を一筆に書く。「羨魚之情」と読むのだそうで、エリオットである。亀井さんも達筆で、「無心」だの、「慈悲」だのと書きまくる。昼間の眠い座談会と、晩の、一向に受けない講演の後で又これかと思うと、情なくなり、亀井さんに続いて、「無慈悲」と書こうとした所が、無の字の点が三つしか入れられなくなり、癪だから、無理に一点押し込んで「無学」と書いた。諸先生方の字は額縁に納めて、長く市庁の市長室に飾って置きますなどと、実際、こういうことは何と言ったらいいのか。そこへ、今さんが駅から着いて、それまで別にじめじめしてもいなかったのに、今さんが来ると、一座が急に息を吹き返したように感じられるのだから、不思議な人である。

その晩の宴会で見た新津松坂は記憶すべき踊りだった。黒い絽の単衣に白と藍の帯を締めて、編み笠を被った男が五、六人、太鼓の音に合せて踊るもので、銘々が尺八を持っているような気がしてならない浪人風の姿が踊りに一種の格調を与えている上に、その聯想が何かうらぶれたものにもなって、踊りの徐ろな動きを一層ゆるやかに見せ、一人、二人と座敷から去って行って、もう終ったかと思う頃に、又一人出て来て踊りを続けたりする。東北第一の、芸術だか何だか知らないが、美観だと決めた。太鼓と歌だけで踊るものなのに、始終、笛が鳴っているとしか思えなかったのは、歌の単調な節がスコットランドのバッグパイプに似ていたからかも知れない。

午後四時十一分に酒田に着いて、直ぐに本間美術館で雪舟、雪村の展覧会をやっているのを参観しに連れて行かれる。それから菊水旅館という宿屋で一息つき、ここでその晩は酒田の特々級酒を飲ませて貰えるという話を聞かされて、心が浮き浮きして来る。この晩の講演会での出来栄えは、我ながら上の部に属していると思った。場所は塚成小学校、集るもの実に三千五百名、つまり、やはり超満員である。

この晩飲んだ「初孫」という酒は逸品だった。水のように味が淡くて、水よりもからっとしているのが、飲めば飲む程、旨くなって、しまいに風呂桶に一杯注いでその中に漬って見たくなる程の魅力があった。

翌日、日和山公園に行って酒田港を眺めてから、十一時三十一分の汽車で酒田をたち、二時五十一分に新津に着いて、そこから自動車で新潟に行く。

新潟では講演会はなくて、我々を慰労する意味で一日をここで過させてくれる趣向なのだと聞かされた。

大野屋旅館という宿屋に泊る。待望の堀割と柳はどこにも見えなくて、大部分は埋め立てられたという話である。併し東京の三十間堀と違って、これは衛生上の必要からそうしたのだということだった。

十一時十分発の汽車で新潟をたって、二時四十三分に柏崎に着き、天京荘という旅館に連れて行かれる。旅館から眺めた日本海が綺麗だった。この晩の講演会は柏崎小学校で開かれて、これも盛会だった。後で聞くと三千二百名とか、三万五千の市民の一割が来てくれたわけである。一番盛会だった感じがした。

その晩、市長自ら音頭を取られた野調三階節という踊りも、捨て難いもので、いい気持に酔えた。翌朝、郷土玩具の蒐集家岩下庄司氏と、ペルリと開国遺物の蒐集家吉田正太郎氏のコレクションを見に行く。何れも大したものである。泥棒になって入ったら、どれを盗もうかなどと思いながら参観する。この日、午後二時十一分発の汽車で帰京。

（「文藝春秋」昭和二十八年十二月）

おたのしみ弁当

思いつくままに書くならば、駅弁では横川駅のがある。ここは『峠の釜めし』で知られている所で、この釜めしはその評判に価するだけのものがあるが、これについてはすでに方々で書かれているのみならず、本式の釜めし用の釜に入っていて後で家で飯を炊くのに使えるようになっているこの名物は、駅弁という簡単な食べものの観念にあてはまるものかどうかわからない。ここで書きたいのは、この駅で売っている駅弁のほうである。全くどうということはない、文字通りの駅弁で、見たところはただ型のごとくトンカツその他がご飯の傍に並べてあるだけのものであるが、食べると、そのどれにもごまかしがないことがわかる。トンカツは間違いなくトンカツで（群馬県のブタはうまい）、塩ザケはどうも塩ザケでなしに、サケよりも柔らかな味がするマスを使っているらしい。それから何というのか、みそをシソの葉で巻いたもので、駅弁によく入っていて普通はあまりうまくもないのが、この駅のはうまい。

そう書けばわかるように、この横川駅の駅弁はこけおどしのものが一つもなくて、ご飯もただ米を炊いただけのものではなくて米の味がするという、そういう親切な弁当なのである。それだから、おかずの中で食べられそうなのだけ食べてしまって後は残してしまうということをしないですみ、見渡す限り食べられるのが楽しみである（そう言えば、この駅弁には『おたのしみ弁当』という名がついている）。それでお土産にもなって、これを喜ぶ人間ならば駅弁について話せる、というのでは少し手前みそに過ぎるだろうか。しかしとにかく、うまい。この駅ではもう一つ、『にぎり飯』を売っている。これもにぎり飯にノリを巻いたり、白ゴマを振りかけたりしただけのものであるが、当節のにぎり飯屋のにぎり飯と違って、機械ではなくて手でにぎったもので、中にカツオブシを煮たのが入っているのは、子どもの頃にこのカツオブシのところまで来て、あったと思ったのと同じ味がする。そういう素朴なよさからすれば、この方がおたのしみ弁当の上かも知れない。

信越線の横川駅は何かと通ることが多いので、このおたのしみ弁当とにぎり飯を知っているのであるが、先日、上越線長岡駅で弁当を買って、うまいので驚いた。実は退屈だったので、二、三種類違ったのと『サンドイッチ』を買い、まずこのサンドイッチは紹介して置くだけの価値がある。ありきたりのハムだの、野菜だのというのでなしに、マヨネーズを使って鶏などを入れた凝ったもので、これは食べ残したのを東京まで持って帰って自慢することが出来た。弁当のうちでは、『幕の内』がうまかった。と言っても、これはその時買ったものの中での話で、この幕の内があれだけご馳走の感じがしたのであるから、その時買いもらした種類のものでうまいのが他にもあるかも知れない。幕の内のおかずに何が入っていたか、一々挙げることが出来るほどよく覚えていなくて残念であるが、とにかく、鶏も、ブタも、牛肉も、魚もあるたっぷりしたものだった。この長岡駅で買った『鱒の姿鮨』もうまかった。

（「駅弁パノラマ旅行」千趣会　昭和三十九年一月刊）

若き日の思索

イギリスの詩人だったか、アメリカの詩人だったか忘れたが、兎《と》に角《かく》、英語で書かれた詩で、若いものの考えは長い考えだという言葉が出て来るのがある。長いというのは、遠い将来に多分の期待を掛けた考えという程の意味ではないかと思う。又ヴァレリーの詩にプラタナスの木を歌って、夕方、金星が空に現れる頃に木蔭に腰を降す少女は、やがてその肉体が実を結ぶ時が来るのを感じて羞恥を覚えるというのがある。これも、そういう長い考えの一種だという気がする。序でに、モツァルトの「フィガロの結婚」に、やはり夕方、恋人同士で芝生の上に坐っていれば、その先がどうなるか誰にだって解るという何とも美しい歌がある。これも若いものが考える長い考えの例だと言えるかどうか知らないが、歌が恋愛を扱っているということ以上に、遠くの芝生に誰か二人坐っているのが見える感じが、若いうちは人生がいつまでも続くものだと思っているのを連想させる。

というようなことは併《しか》し、人間が若い時に実際に考えることも必ずしも関係がある訳ではないのであって、年取ったものが勝手に若いものはそういう風な考え方をすると決めて掛っている嫌いがあり、現に自分が若かった頃を少しでも正確に思い出すことがあると、それどころではなくて、ひどく辭むさい懸念やどうにもならない焦慮に閉じ籠められていたのが解る。

例えば、自分がまだ何も仕事らしい仕事をしていないと思うのがやり切れなくて、自分と同じ、その頃は二十代の年齢のものが人並の仕事をするのが変に気になった。例えば、友達が本を一冊書いたりすれば、である。それに、長い生涯が前途に横たわっているということが、だから時間は幾らもあるというのでのんきに構えている理由になる代りに、却ってこれから先どんなことが起るか解らなくて、不安でならなかった。若いものの特権などということは、夢にも考えて見たことがなかった。

今から思うと、よくあんなに毎日くよくよのし続けで生きていられたものだという気がする。本を読んでいても、他にまだ自分が読んでない本が幾らもあることを忘れることが出来なくて、読んでいることをゆっくり味ってなどいられなかった。それでも注意を集中することがあったとすれば、それは書いてあることに恐しく生真面目に感激するか、或は本の内容が難解だということになっている場合に限られていて、ヴァレリーのものは難解で高級だと聞かされて無暗やたらに一生懸命になって読んだ。その時の気持を正直に白状すれば、難解ということはなくて、何よりもヴァレリーの文学が見事なのに惹かれたのだった。

所が、何かに惹かれるとか、美しいものに打たれるということがそのまま起るのには、若いうちは本を読んでも、絵を眺めても、自分が或る非常に難しいことをしているのだという一心になり過ぎているようで、字引をめくったり、頭を抱えて考え込んだりしなければ、よく解った感じになれない。それで、その頃買ったヴァレリーの「ヴァリエテ1」などにも線を引いたのや書き込みで一杯だった。併しそういう気持が兎に角、若い時に本を読んだりする動機になるのだから、悪いことではない。

もっと楽な気持でいたら、あんな暗い顔付きをして毎日を過さずに、青春を謳歌するというような生活も出来たのにと思うことがあるが、そういう風なこと一切に顔を背けるのが本当に若いということではないかとこの頃は考え直すことがある。青春を謳歌するというのは、これももう若くはなくなった人間が言うことなので、精一杯に、一本気で生きていれば、若くて自分の力の限界が解らないのは苦の種にしかならない。自分がしていることに対していつも不満で、どう努力して見ても自分以外の何にもなれないことに苛立ち、それでも努力でもしなければ望みは持てないのだから、辛い思いをするのが若いものの特権だということになっても不思議ではない。

そういうことも関係があるのかどうか、或るイギリスの作家が、人間は若い時は老人臭くて、年を取るのに従って若くて無責任になって来るという意味のことをどこかで書いている。世間のことが解って練れて来れば、それだけ楽になって気も若くなるということもあるだろうが、それよりも、普通に行われている考え方とは反対に、青春の紛れもない特徴である重苦しい反省や懸念を洗い落して、実際に人間が若返ることをこの作家は言いたかったのに違いない。

自分の経験では、若い時に他の何にも増してやり切れなく感じられるものに、退屈ということがある。若い時というのは、要するに、人間が緊張して生きている時期なので、いつも気を張り詰めていることは出来ないから、その反動に絶えず見舞われることになる。若いものにとっては、緊張しているのが生きているということなのだから、それが弛んだ際にいい加減なことをして暇を潰すという訳には行かない。映画までむきになって鑑賞しなければ承知しない人間がむきになれずにいる間は、何か気を紛らせるものを見付ければいいのではなくて、気を紛らせる程度のものしかないならば、人生に何もなくなったのも同然なのである。この退屈、倦怠は全く手の付けようがない。詩だとか、恋愛だとか、哲学だとか、人生の慰めに考えられていることが若いものの真面目な思索の対象であって、そういうことを考えるのに疲れた時、何かの拍子に元気を取り戻すまではどこにも救いはないのである。

それでも元気を取り戻すのも、若さの仕業なのかも知れない。併し自分から熱中しているのでなければ、哲学も芸術も意味を持たないという発見は、倦怠を根本的なものにすることもあって、そうなれば、或る信念の更生の他にそれを救うものはない。何れにしても、退屈や倦怠は若い時の最も切実な感情の一つなのであって、それで倦怠を歌った詩人の作品が若い時程に身に沁みることはないのである。

例えば、T・S・エリオットの宗教的な経験を材料にした詩である「四つの四重奏」は、彼がその十数年前に近代人の無為な生活と倦怠を語った「荒地」よりも遥かに優れた作品であるが「荒地」の方が広く知られているのは、詩を好むものが若い読者層に多いからではないかと思われる。

その点でも、若いものが変に老人臭いということには一面の真理が含まれている。倦怠というのは、一時的にもせよ、人生に幻滅することであって、それが幾つになった時に、又何度目に起っても、幻滅したということが事実であることに変らない。老人は人生を味い尽した後に幻滅し、若いものは人生に幻滅することを知っただけで打ちのめされるという違いは確かにある。

併し若いものが何を言うということはないので、老後の幻滅に堪える為に、先ず若い時に倦怠に苦むことから始めなければならないとも考えられる。

若いとか青春ということも普通に結び付けて考えられていることが、実際とは凡《およ》そ違うのに就ては、時代の影響ということも一応は計算に入れていいかも知れない。戦争の暗い谷間というようなことを我々はいつも聞かされている。併し余り何度も言われるのでつむじが曲げたくなった訳でもないが、戦争中にどういうことがあったにしても、その為に青年時代が特別に暗くなったということは考えられない。前にも示した通り、若い時というのはもともと暗い時代なのである。学生で工場に勤めさせられていたものの中にも、一生懸命に兵器を作っていたのもいるだろうし、仕事を一生懸命にやることが悪い筈はない。目的が間違っていたというのは、この場合、意味をなさないので、工場で兵器を作ることが支那人やフィリッピン人をいじめるのに役立ったと思うような単純な頭の持主ならば、何も青春を暗い時代に感じることはないのである。

併し戦争を含めて近代とか、現代とかいう問題を持ってくれば、その意味で今日の若いものが例えば五十年前、百年前の同じ年頃のものよりも、生きている喜びを失う機会に恵まれているということは考えられる。近代が崩壊の時代であって、現代がその崩壊からの、額に汗しての再建でなければならないからである。併しそういうことになれば、倦怠が既に近代的な感情なのであって、ギリシャ時代後期、ローマ帝国、という風に、一つ一つ時代を辿って行けばどういうことになるか解らないが、少くとも中世紀、或はルネッサンスの人間が、我々が知っているような倦怠に悩まされなかったことは確かである。中世紀には、倦怠を感じるというのは信仰の不足から来る一つの宗教上の罪だった。それだから、我々は倦怠を近代人の特徴に考えて得意に思っていいのではなくて、百年も前から各世代の若いものを苦めて来たものと、我々も戦って一人前の人間になる他ないのである。

そんなことをしなくてもすんだ時代があったことに不満を感じるならば、その時代にはテレビもパチンコもなかったことで埋め合せにすればいい。

ただ、原爆や水爆や、黄変米や署名運動やPTAにも拘らず、近代から現代への移行が本質的に暗い時代から本質的に明るい時代への変化を示して来ている感じがしないでもない。十九世紀の半ばから一世紀たった今日、人間は何も自分が生きているのを悲しく思うことはないのだという事実に、さんざん悲しい思いをした挙句に気が付いたと言ってもよさそうである。

これは若いものも考えていいことであり、或は既に実感として持っているのかも知れないのである。

（「新女苑」昭和二十九年十二月）

ファウストによる開眼

学生時代に読んだ本で印象に残っているのは、何と言ってもゲーテの「ファウスト」である。尤も、原書ではなくて、ベヤード・テーラーという英国人による訳だった。どうしてこの本を手に入れることになったのか覚えていないが、多分、丸善辺りにあったのを、ふと読む気になって買って来たのだろうと思う。シャンドス・クラシックスという叢書の一冊で、この叢書は今はもうない。

先ず、巻頭にある献詞に打たれたのを覚えている。やはり、そのころ読んだエミル・ルドヴィヒのゲーテ伝によれば（これも英訳）この献詞はゲーテが中年のころ、「ファウスト」を書くのを長い間止めていてある日、旧稿を取り上げ、昔を思い出して書き付けたものということになっている。一節八行の四節で出来ている詩で、確かにゲーテが「ファウスト」を書き始めた二十代にはあるはずがなかった幅のものである。第三節で、ゲーテはその書き出したころのことを回想し、当時、彼が書いたものに耳を傾けた人々は今は亡くて、「ファウスト」のその後の部分を読んで聞かせることが出来ず、友達の集りは散って、その賞讃の声も消え、自分の詩に対して未知の人々が送る喝采は自分の心を痛めるばかりであり、嘗て書いたものを喜んでくれた友達の中でまだ生きているものとも今は離ればなれになってしまっていることを言っている。

Mein Lied ertönt die unbekannten Menge,
Ihr Beifall selbst macht meinem Herzen bang……

原文しか覚えていないのは、その後ドイツ語で読み、この原書の方を長く取って置いたからである。併しドイツ語を読むのが不自由だったせいもあるのかも知れないが、どうも英訳を始めて開けて見た時程の感銘はなくて、今でもその英訳の印象とドイツ語の原文が必ずしも一致しないのである。その頃、ゲーテがその長い生涯の中途で発した嘆息がどこまで理解出来たかは解らない。併し異様な感動を覚えたことは確かであって、それが「ファウスト」の本文に入り易くした。ファウストが書斎で人生、或は学問に飽き飽きしたと言う所に直ぐに共鳴したのは、青年にあり勝ちな早熟、というのは、自分を待っているこれからの人生の予感からだったと思う。そしてあの、

O selig der, dem er im Siegesglanze
Die blut'gen Lorbeern um die Schläfe windet……

になって、この句はカーライルで前に読んだことがあっただけに、興奮した。前にそうし

て見たことがある句にその原文で出会うのは妙に感覚を刺戟するもので、後にやはりジードの「狭き門」で一度読んだことがある数行の詩が「十二夜」の書き出しであることが解った時は、その為にこの喜劇が忽ち自分にとって親しいものになった。「ファウスト」の話に戻って、第一部も面白かったが、本当に惹かれたのは第二部だった。第一幕で、ファウストが朝、目を覚す所などは、何か全く壮麗な感じで、ゲーテの、過去のことは悔いずに新たに努力するという人生観の充実した表現に思われた。妖精の歌の一部は座右の銘にしたかった程であり、麦が実って収穫を控えて波打っているその一節などは今でも印象に残っている。要するに、この第二部を読んで、始めて文学の世界の内容をなすものを知ったようであって、それまで芥川龍之介などを読んで感心していた自分の文学観がここで一変したと言ってもいい。浪漫主義か古典主義かという種類の無意味な対立は解消して、言葉を用いてどれだけの仕事が出来るかということの方に頭が向った。つまり、一種の開眼だった。

併し当時は、まだ自分で文学の仕事をやる気はなかった。「ファウスト」に感動しても、それは文学というのはこういうものなのだろうと思っただけで、その頃の気持から言えば、こうした文学作品を覗くのは道草だった。そして自分自身は何をする積りだったのか、今ではもうはっきりしないが、そういう自分がゲーテが書いたものなどを読んで感心するのが、何か不思議なことに思われたのは覚えている。だから、その為に相当困ったことも想像される。その時の英訳本は、後に空襲の際に焼けた。今あったならば、もっとその頃の思い出に就いて書けるのかも知れないが、「ファウスト」の献詞の一節がまだ頭に響いている間は、それでいいのだとも思っている。

（「日本読書新聞」昭和三十二年四月二十九日）

ラジオを持っていない話

家にラジオがないのは、ラジオというものに原則的に反対しているからではない。蓄音器というものにも別に反対しているのではないのだが、その昔、蓄音器を持っていて、その手前、なかなか手に入らないレコードを無理して手に入れたりしたものだったが、それを聞くのが結局は一年に一度の平均だということが解って、蓄音器もレコードも知人にやってしまった。一年に一度のことなら音楽会に行ってもいい訳で、それなら蓄音器など持っているのは場塞ぎだと思ったのである。

ラジオを持とうとしないのは、それと全く同じ意味からである。仕事をしている時にラジオを聞きたくはないし、仕事が終って、さあ、ラジオを聞きましょうと思ったとしても、実際に聞くのは一年に一度位になるのに決っている。しかし、これも蓄音器と同じことで、ラジオを聞いて楽しんだことが一度もないという訳なのではない。随分昔の話になるが、まだ何とかヘテロダインなどいう受信機が普及していなかった時代に、クリスタル・セットというものを家で買ったことがあった。受信機の上の所に水晶を入れた穴みたいなものがあって、それを曲った針金が先に付いている機械の一部でやたらに引っ掻き廻していると、頭に付けるようになっている受話器を通して放送が聞えて来る仕組みになっている。本当はそれだけではないのだろうが、先ずそんな要領だった。誰か一人が使っていれば、他のものは聞けない訳で、自分の番が来ても大抵はがあがあ雑音が入って来るだけなので、間もなくこの機械を誰も見向きもしなくなった。

それを或る日、学校から帰って来た時か何かに、もう一度ラジオというものを験して見たくなって、受話器を付けて見たところが、その日はどういう訳か旨く行って、音楽が聞えて来た。ヴァイオリンだったと思うが、実に美しい音楽で、その時は何ともいい気持だった。しかし中学生でも、その後に益々はっきりして来た無精な素質を既に持っていたらしくて、その何十分かの音楽は楽しんだが、また聞こうとはしなくて、そのうちに引越しでその機械はどこかへ行ってしまった。

しかしラジオとの縁がそれで切れた訳でもない。戦争になって、空襲が烈しくなり、警戒警報と空襲警報のサイレンだけでは、空襲警報が出たと思った途端に艦載機が編隊で飛んで来たりするので、中古の何ダインだか知らないラジオを茶の間に据え付けることにした。「があ、があ、何々軍管区情報、敵のどうとかしたのが続々北上中、どこかが全焼したれども損害は軽微なり」というあれを聞く為なのである。サイレンが鳴ればスイッチを入れ、サイレンが鳴らなくてもどことなく空襲臭い時はスイッチを入れたが、やはり軍管区情報の他は何も聞かなかった。尤も、あの頃は何も聞くものがなかったことも事実である。ただ一つ、夜の十時半か十一時頃に、一日の放送が終ると、「お休みなさい」とか何とか言った後で、決ってヘンデルだかハイドンだかの作品の同じ一節を、といっても、一分と掛るとは思えない、短かな一節を放送した。それは今でも時々思い出す。あの音楽が美しく感じられたことは、河上徹太郎氏もどこかで書いておられたことがある。

正確に言うと、その後ラジオというものを持ったことがない。尤も、吉田首相という、何故なのか時々ジャーナリズムが筆者と結び付ける偉い人の声がサン・フランシスコから聞えて来るというので、その声に聞き入っている写真を新聞社に取られたことがあったが、あのラジオは新聞社の方で持って来てくれたもので、放送がすんだらまた持って帰った。今日のように颱風が吹きまくっている時はラジオがあった方がいいのに決っているにしても、まだ満足な万年筆も持っていない身分で、ラジオでもないだろうと諦めている次第である。

（「放送文化」昭和二十六年十二月）

吉田内閣を弁護する

吉田内閣の最大の罪は、この内閣がいつまでも続いているということである。内閣を攻撃する他の理由は、その寿命が延びるに従って次々に挙げられているが、はっきりした根拠があってのことにしては、内閣が続くのに反比例して、攻撃する理由が変るのが早過ぎる。それとも、何れも実証出来る内閣の悪事がこのように矢継早に暴露されているのだろうか。一人の人間について余り色々な悪口を言うものがいたら、一応はそれを言う方を疑って見た方が安全である。

日本の内閣、或は少くとも、満洲事変の田中義一内閣以後に出来た日本の内閣は度々更迭して、誰が内閣を組織しても大して何もせず、その間に政治情勢の方が要路にある人間にはお構いなしに進展して行って、どうにもならなくなると総辞職をする仕来りになっている。そしてそういう移り変りに対する国民の関心はどうかと言うと、地方ならば、新内閣の顔触れにその県の人間が入っていないかどうか見て、入っていなければ、次の組閣があるまでもう誰も内閣などというものに興味を持たない。入っていれば、その県が日本の天下を取ったような気になって喜んで、ただそれだけである。

都会の人間は内閣の更迭に、或は組閣されてから一年もたった内閣に対してさえも、もう少し関心を持っている。都会生活が新聞を一つの必要品にしていて、新聞の第一面には内閣のことが大概出ているからである。例えば、新しい内閣が出来るとその内閣の声明文が第一面の半分を埋める。しかしそこに何が声明されていようと構わないので、一年たってもまだ同じ内閣のことを読まされている読者は内閣が組閣当時の声明通りにやっているかどうかよりも、国会で苦境に立ったとか、誰が失言をしたとか、乗り切りに自信があるとか言った風のスポーツ欄的な記事に注意する。第一、新聞がそういう方に話を持って行くのである。

つまり、政治に関心を持つとか持たないとかいうその政治は、この国では政策や外交関係や貿易を意味する実際の政治ではなくて、内閣や内閣の大臣に対する銘々の個人的な感情に過ぎないのである。その昔、浜口雄幸内閣の時に金解禁をやって、それと並行して緊縮政策というのを発表したことがあった。そして銀行に行くと十円札が金貨に換えられるので、弥次馬に人気があり、後は何でも金を使わないようにしなければならないというので緊縮政策が騒がれただけだった。その金解禁の結果として、英貨一ポンドに対して十二円だった対外為替相場が八円に跳ね上ったが、金解禁のそういう具体的な効果、或はその欠点などは一般には全然注意されなかった。少し長い眼で見なければ結果が解らない政策の遂行に至ってはなお更である。

それ故に、一番取り付き易いという理由から、政治の当事者の人物や行動が問題になって、それが政治だと勘違いされるのである。満洲事変の時に松岡洋右が日本の代表になってジェネヴァの国際聯盟に行き、帰って来ると直ぐにどこかの床屋で髪を丸刈りにした。つまり、外国に行くので仕方がないから髪を伸ばしても、帰って来れば日本人だから刈ってしまうというわけで、国際会議で日本の外交が滅茶々々にされようとされまいと、帰って来て直ぐにこうして床屋に行く人間は偉いということになる。

吉田内閣が長続きして新聞面を賑わせない上に、再軍備やＭＳＡの問題が起ってなお更評判が悪くなった。日本では政治に対する関心は人身攻撃、或は特定の人物に対する偶像崇拝の形を取らない時は観念論、と言うのは、合言葉で行くことになっている。再軍備に対する反対の仕方でも、それがよく解る。

第一に、再軍備はファッショで保守反動であるから反対するという見方がある。再軍備だから軍隊で、軍隊は保守反動だという風に結び付けるのである。この前の戦争の時でも懲りごりではないかというのであるが、この前の戦争でもこの軍の字が間違いのもとだった。その時は軍と言えば無条件に恐がられて、今日ではその軍が無条件に嫌がられている。批判でも何でもないので、ただ恐がったり嫌がったりしているだけなのである。計算ではなくて感情が先行している点では、昔も今も少しも変りはない。

その証拠に、再軍備ということが正確に何を意味するのか、それを強行することが我々にとってどれだけの負担になるのか、また再軍備をしないのならば、その代りにどういう策を講じるのかという風に、具体的な事実を挙げての反対論はまだ聞いた験しがない。現在ある自衛隊が既に軍隊ではないか、などと言って騒いでいる。あれが軍隊で、あの程度のものがあることで軍備の問題が片付くのなら、日本は世界で最も恵まれた国だろう。再軍備に具体的な事実に基づいて反対出来ないのは、反対する人間が、仮りに再軍備をすればということを口にするのさえも何かいまわしい、或は空恐しい、或は兎に角、他人にそのために何か言われはしないか心配でたまらないことに思っているからである。彼等にとって再軍備は、マレンコフが仮りに自分がマルクス主義を否定するとしたらと言うのと同じくらいに、ただもう絶対にあるまじきことなのだろう。従って問題は、日本の現状では再軍備などということは考えられないから反対するということなのではなくて、どんなことがあろうと、再軍備は保守反動だから反対するということなのである。しかしそれでは反対する理由にはならないので、保守反動という言葉の魔術にかかっているとでも思うほかない。

再軍備しないでどういうことをするのかはっきり言えないのも、同じ合言葉の魔術にかかっているからである。何もする必要はないではないかと反問して来る。つまり、日本が無防備状態になることをソ連も中共も心から喜んでくれて、日本はますます栄えるだろうというのである。もとの朝鮮の半分しかないような小さな国までが、日本に海軍がないからと言って妙な文句を付けて来る時に、考えて見れば解りそうなことを決して口に出さずにいるのは、現在、日本を支配している合言葉によればソ連も中共も日本の先進国であって、それをアメリカ軍のお蔭で出来た朝鮮の半分しかないような小さな国と一緒にするのは保守反動と見做される恐れがあるからである。イデオロギーとはよく言ったもので、流行の合言葉でしかない観念で政治をやろうというのだからたまったものではない。

流行の合言葉を離れて考えるならば、今の日本に再軍備が出来るわけはないのだから、出来るまではアメリカ軍にいてもらうほかはない（そして仮りに日本がジェット機を五千機も持つようになっても、まだアメリカ軍との提携は必要だろう）。ところが、軍備なしでアメリカ軍にいてもらうとなれば、再軍備反対論者も納得しそうなものであるが、そんな簡単なことではないのである。ソ連や中共に侵略の意図があるなどと考えることが保守反動ということになっている上に、親米、と言うのは、アメリカ軍の駐留の必要を認めることも保守反動になっているからである。保守反動、ソ連、中共、親米という風な合言葉の威力を思えば、日本の再軍備反対論者、また延いてはいわゆる進歩的な分子の無策も納得出来ないことはない。しかしそれで納得出来るのは彼等が阿呆の集りだということなのだから情けない話である。

駐留軍の必要を認めることが親米であり、アメリカ一辺倒になるのだから、吉田内閣に対する攻撃の性質は勿論のこと、政治というものに関する一般の常識の程度も大体どんなものか解る。そしてこれがまた実に昔と変っていないのである。英米と戦争を始めればイギリスもアメリカもいけない国になり、従って英語の勉強をすることもいけないことになる。今日、ソ連の衛星国でなければ、どこの国も自国の存在を守るためにアメリカと提携する以外に道はない。そしてアメリカと提携するということは親米であり、アメリカ一辺倒であり、アメリカが言うことならば何でも聞いて、アメリカがすることならば何でも認めることだという考えなのだから、既にこれは性急などということを通り越して知能の程度の問題である。

そういう風に見て来ると、対米問題にしても、再軍備問題にしても、吉田内閣が取っている政策は合言葉の魔術にかかってさえいなければ、誰でも当を得ていることが理解出来るものだということになる。しかしながら、それなら結構ですましてしまうのでは、吉田内閣が、或は吉田首相が可哀そうだろう。当を得ているというのは現実に即しているということで、現実に即した方法がいつも最も困難なものなのである。例えば、国の防備を任かせてあるアメリカの発言権が増大するのにどのように対処すべきか、また、MSAの交渉にしても、最小限度の譲歩ということが大きな眼目の一つだったに違いない。態度がいいなどというのは出発点であって、すべてはそれから先のことにかかっている。

らに反対するために反対するのを止めて、吉田内閣がやることを批判したらどんなものだろうか。ただがむしゃらに反対するために反対するのを止めて、現実の政治の観点から政府の施策に賛成し、或はこれを批判することになれば、当事者にとってもやり甲斐があるだろうし、またその方が実際に悪政が防げるのである、教育法反対でも、警察法反対でも、いつもの続きだというのでそれだけ反対する効果が失われている。何故、法案の条文を読んで、反対すべき点に反対しないのか。ただ政府がやることだから反対するという態度は、何れはファッショを招来する危険を孕んでいる。

再軍備が実現した場合を考慮に入れずにこれに全面的に反対することは、日本が再び軍備を持つことになった時に、いわゆる進歩的な分子の完全な敗退となるのであり、右翼の手で作られた軍隊こそ危険である。寧ろ今から国民は自衛隊が健全な民主的な軍隊に育つようにこれを監視すべきではないか。

都合がいいことに、今度は汚職問題というのが出て来た。吉田首相が収賄したとなればその政策を批判するために頭を使う必要がなくなる。日本語が喋れる程度の知能さえあれば、誰でも、あいつは怪しからんと言えるからである。怪しからんことに対してはまた誰でも興味を持っている。怪しからんと繰り返しているうちにこれが全国に広まって、何とはなしにあいつは全く怪しからんということになり、それで情勢は相手を倒したい方に有利に発展することもある。これをアメリカでは whispering campaign と言う。アメリカはいけないのなら、フランスではそれに乗る多勢の人間のことを moutons enragés と言う。意味を説明すると失礼になる向きもあるかも知れないから、訳さずに置く。こうして倒された内閣は前にもある。しかしそれが国家に利益を齎した例は曾て聞かない。頭を使わずにいい結果は得られないのである。

アメリカのことを書いたので、国の対外的な信用ということが頭に浮んだ。国際的な信用ということほど日本で誤解されていることはない。と言うよりも、そういう観念が全然頭にないのである。その代りに国威を宣揚するという考えがあって、これはどういうことかよく解らないが、要するに、外国人に向って大に威張って見せることらしい。暴力も結構で、例えば誰か日本人がワシントンに行って大統領と握手する代りに、その頭をぶん殴ったとしたら、それは痛快なことであり、従って国威を宣揚したということになるようである。それならば、例えば外交は国威を宣揚する場所ではないし、他の何だろうと、真面目な仕事でそんなことをする場所はどこにもない。それが大規模にやりたければ、外国に軍隊を送って何十万か何百万の人間を殺し、何十かの都市を壊滅させるのが一番いい方法なので、つまり、国際間に自国の信用を維持するということの正反対なのである。

従って日本では、それを維持するかしないかというようなことが問題にされた験しはない。しかし世界が現在の形で構成されている以上、国際間に信用がなくては国の存在を保つことは出来ないのであって、その道を誤らなかったという意味では吉田内閣の功績は大きい。これは戦後の他の内閣と比較して見れば直ぐに納得出来ることと思う。終戦後の窮状ということもあるだろうが、占領中に日本が最も屈辱的な立場に置かれたのは片山内閣及び芦田内閣の時代だった。その当時取られた政策は軍司令官主義というのであって、実際にそういう言葉は用いられなかったにしても、歴史的にはそれがそのまま当て嵌まる。まだ満洲国というものがあった時代に、新京には日本の大使館があり、関東軍司令官が日本大使を兼ねていた。そして満洲の日本大使館ではその大使を兼ねている関東軍司令官の意志通りに動くという建前が取られていて、これを軍司令官主義と呼んだのである。

片山内閣時代、芦田内閣時代には、アメリカは日本をどうにでも出来ると思っていたのに違いなくて、事実そうだったのだから、そう思われても仕方がなかった。総司令部の勧告はすべて命令と解釈されて、夏はより多くの日光を浴びるために時計を一時間早くするという、北海道よりも更に北でしか通用しないことが法律として制定されたのもこの時代である。内閣総辞職の時に首相が自ら第八軍司令官の所に暇乞いの挨拶に行くという有様だった。これが仮りに総司令官の所に挨拶に行ったのだとしても国辱である。こういうことをして、大いにアメリカの信用を博した積りでいたのかも知れないが、与し易いと見られるのと、信用されるのとは話が違う。おっかなびっくりでやって来たという意味でも、終戦直後の日本に対するアメリカの信用は寧ろ高かったと見ていいのであり、それが全く地に塗れたのである。

吉田内閣の功績なのか、首相の功績なのか解らないが、この信用は確かに回復された。そしてアメリカに対してそうだったということは、世界の日本に対する信用を回復したことになるのを忘れてはならない。国際間の信用というものは国際的に作用するものなのであって、例えば、ドイツとイタリーを手馴付けて置きさえすれば後は何をしても構わないというようなものではない。この功績は歴史に残ると思う。

三面記事以外に、毎日の新聞に報道される細々とした世界の動きなどに誰も注意せずに過したのならば、この信用回復の手っ取り早い例としてサンフランシスコの講和会議がある。第一次大戦の後で開かれたヴェルサイユ講和会議の時は、敗戦国に対する苛酷の条件に署名する代表の役をドイツ側では誰も引き受けたがらず、無理に選ばれた代表は法廷で裁かれる被告同様にヴェルサイユに連れて来られて、条約文を突き付けられて有無を言わさず署名させられた。当時聯合国側の一員だった日本の代表の一人がその光景を見て、戦争には負けたくないものだと述懐した。

それと比べるならば、吉田首相のサンフランシスコ行きは、文字通りにそこに乗り込んで行くという感じのものだった。この会議の立役者は紛れもなく日本の代表だったのであり、世界の外交史上、講和会議で最も注目される人物が敗戦国の代表だったのだというのは前例を見ないことである。吉田首相がこの時受けた待遇は、条約の内容の正確な反映である。少くとも、日本の国民がこの条約の結果を身にしみて感じさせられるなどということとは全くないのだから、その内容が苛酷だったなどと言うことは出来ない。聯合国側の好意ということもあっただろうが、それもどの程度のものだったか解らない。ここまで漕ぎ付けるのにはどれだけの苦労を必要としたことか。その結果として一つの事業が完成されたという感じがする。

という風に書いて行くと、吉田首相というのは実に立派な人物で、その内閣が続く間は何も心配することはないという意味に誤解されるかも知れない。粗忽も甚だしいものである。政治というものが低級で、一年先のことも解るか解らない（これはビスマルクの言葉である）、現実に密着した仕事であることは周知の事実であるが、それだけに我々自身の生活もその政治にさらされているのであって、政治家が一人か二人いたぐらいのことですむものではない。日本の政治が健全に行われるためには、少くとも吉田首相が行う程度の政治に対する批判力が政治に関する国民の常識になり、吉田首相程度の人物が何十人かでなくても各政党に一人はいることが最小限度に必要である。問題は吉田内閣がいつまで続くかということではなくて、現在のような変則な政治のあり方でいつまでやって行けるかということなのである。

（「中央公論」昭和二十九年十一月）

買わせるためには

本当かどうか知らないが、著者が「実存主義文学の向日性に関する研究」という風な題にする積りだった本を、出版社の勧めに従って「文学入門」という題に直して出した所が、よく売れたという話を聞いたことがある。本の売行きは確かに題の付け方に左右される場合が相当あるらしくて、そうと解れば、著者側も余りこの問題に無関心だったら、自分が付けたい題に固執することは出来なくなる。

昔はそれ程でもなかったし、内容がよければ売れるという自信が出版社にもあった。それで著者の方は自分がいいと思う題を付けることしか考えなかったので、昔でも、売行きが悪くても一向に構わない訳ではなかった筈である。金の問題も勿論ある他に、折角書いたものを人に読んで貰うのでなければ意味をなさない。そして多くのものが読んでくれればくれる程内容を理解して貰える機会も多くなるのである。その点、題に就ては出版社、或は雑誌の編集者に執筆者の方からある程度の譲歩が行われていいのだと思う。その専門的な知識に敬意を表してである。先日、英国でオスカア・ワイルドの息子が「オスカア・ワイルドの息子」という題で父親に関する本を出したが、こういう題を付けてでもワイルドの生活を正確に伝える機会を摑んだ方がいいと考えたに違いない。「シェイクスピアの性生活」位お安い御用である。

（「日本読書新聞」昭和二十九年十一月一日）

憩いの場所

喫茶店というのは街の中での憩いの場所だということになっている。少くとも、広告などにはよくそう書いてあるが、何故か喫茶店に入ってほっとした気持になった験しがない。酒飲みが入る所ではないということになるのだろうか。併し酒類を出す喫茶店があっても同じことで、居れば居る程いらいらして来る。所謂文化的な感じがする店は殊にそうである。

と言うことは、文化的な感じがする喫茶店という意味の文化は、どっちみち我々をいらいらさせるものでしかないということなのかも知れない。例えば、ステンレスの鋼材を折り曲げて作った未来派の静物画向きの家具だとか、ガラス張りの所がやたらに多い家だとか、自動車強盗だとか、英会話だとかは皆文化だということになっているが、実際にそういうものに接して心が休まるということはない。非文化的であっても何でも、そんなものはない方が助かるのである。

その昔は武士道だの、軍人精神だのということが盛んに言われたものだった。今思い出して見ると、それが今日の文化に相当するので、煩さいだけで何の生活の足しにもならない点では文化も武士道も全く同じことである。文化というものが本当にあって、昔は武士道というものも本当にあったとも考えられる。併しそういうことが騒がれるようになってからの、例えば武士道がどんなものか、武士道的な喫茶店というのを始めれば直ぐに解ったのに、喫茶店が武士道の中に入っていなかったのは残念である。

それでももう一度、今日の喫茶店に戻って、そこに入っても別に嬉しくもないのは、前に言った鋼鉄製の椅子に、鉢植えの棕櫚に、どこかを摘まんだらいいのか解らない恰好をした紅茶茶碗は皆文化だということになっていて、それでそういうものを集めれば何かいいことがあると思うからではないだろうか。つまり、何んだということになっているだけでは、何にもならないのである。その上に、文化人はそういうものが好きでなければならないと来るから、なお更窮屈でたまらない。

それでこの辺で話を逆にして、文化というものは確かにあり、これがなくては困るという方の立場から同じことを考えて見たい。その昔、まだ戦争が始らない頃、銀座に本当の意味で凝った喫茶店が出来たことがあった。家具も立派だし、出すものも上等で、英国のそういう老舗の感じをそのまま銀座で再現するのが狙いのようだった。

それがやはり、入って行くと、凡そ奇妙な感じがするものだったのである。そんな所にいれば、外が英国風に見事に騒音を退治した大都会だと思いたくなって、それでいて外が一向にそうではないことが、耳に聞えて来る音だけで解ったからである。それだけでなくて、入って来る人間も、第一、自分自身も、銀座の埃に塗れていて、英国風も何もあったものではなかった。だからそれは文化ではなくて、外国の文化の陳列場だったのである。陳列場に出品されている人形になって、寛いだ気持になる筈がない。そしてそこをそれだけでしかないものにしていたのは我々の生活であり、銀座の埃でありそういう別種の一つの文化だったとはっきり言える気がする。日本的という言葉をここで使うと、誤解される恐れがある。併し英国も、昔の日本も、もっと広い意味での東洋というものもごちゃ混ぜにして出来上っている現在の日本を日本的と呼ぶならば、銀座にも日本的な文化が確かにある（なくて我々が生きていられる筈がない）。

その文化は、文化的喫茶店とは又違った憩いの場所を必要としているようである。夜遅く銀座の横丁をおでん屋が車を引いて通ることがあって、それを止めておでん屋さんとぼそぼそ話をしながら、筋か何か嚙っていると、何も神経に障るものがなくて、又一軒、バーでも覗いて見る勇気が出ることがある。それから勿論、ちゃんとした店でそういう場所が銀座にない訳でもない。昔からあった小料理屋で、戦争で焼けて別な場所に小さな店を新築したのが、――だから、別に柱が黒光りしているとか何とかいうことはない店があって、勿論、そんなのは他にも幾らでもあるのだろうが、そのうちの一軒で気に入ったのがある。

ただ酒と料理が決してまずくなくて、電車通りからも離れていて静かだというだけのことであっても、そこでこの間飲んでいて、ここに英国があると思った。憩いの場所というのはどこの国に行っても同じようなもので我々が勝手に憩いの場所ではない所に憩いを求めているのが、日本を他所よりも騒々しい国にしているのではないだろうか。

(「郵政」昭和二十九年六月)

主張が多過ぎる

主張と言っても、別に何もないのに、そのないものについて書こうというのであるから、この頃は主張が多過ぎるということを主張したい。戦争中は、主張するのが褒めたことに考えられていなかった。兵隊さんは上官がどこそこに行けと命令すれば、そこに行くしこういうことをしろと指図すればその通りにして、そして黙っていた。国民も兵隊さんの真似をしろということだったらしいが、それでは、この時代に主張というものがなかったかと言うと、実はその反対で、朝から晩まで誰かが何かとがなり立てていた。つまり、上の方の位置にあるものが聞くに堪えない愚論を吐いて、それに対してこっちで別なことを主張すれば、そういう批判的な態度を取るのはいけないことであるというので小言を言われた。

つまり、主張はこの時代にも大にあったので、主張が多い時代というのは得てして有難くないものである。その主張の内容がいいか悪いかなどというのは、このことと関係がない。指導原理という言葉は戦争この方、余り聞かなくなったが、その代りに指導者の数がなんと殖えたことか。親子心中が一つあっても、そのことに就いて水産学専攻か何かの大学の先生が一席ぶつのを伺わなければならない。我々は今日、静かに一家で死ぬことさえも出来ないのである。死者に対する尊敬の念という風なことは、形式主義とでも思われているに違いない。

つまり、そういう反感を持たざるを得なくするのが、所謂、主張というものであって、この種類の主張が日本では満洲事変辺りから今日まで絶え間なしに、その時々の色に染って行われ続けている。内容のいい悪いと関係がないというのはこのことであって、その時代の好みにあった材料が取り上げられ、それが同じく時代の好みに合った形に料理されて、誰それの主張で通る。そういう好みに反する意見は、戦争中は批判的、非協力的などと呼ばれ、今日では頑固とか、反動と解されて、それだけで片付けられるのは今日も、十五年前も少しも変っていない。その片付け方が浅薄であるのに比例して、主張の方も浅薄なのである。手っ取り早く言えば、大多数の意見が通るのが民主主義であるという点では、日本はもう何十年も前から民主化されているのであって、同時に又、少数の意見を尊重するのが民主主義であるという建前からは、今日の日本はどんな全体主義国にも劣らず、徹底して非民主的なのである。余り戦争中だの、戦後だのと言わない方がいいのであって、ただうかうかと時代の風に吹かれて何か喋っている光景は、下手をすると我々の子供の頃から見馴れたものなのである。

少数の意見が尊重されないというのは、少数の意見というものが初めからないのかも知れない。もしそうだとすれば、これは恐るべきことである。人間が自分で、自分に対して責任を持ってものを考えていれば、少数の意見というものが出て来るのは避けられないことであって、人間の一人々々が考えたものである以上、それが尊重すべきもの、つまり、何かの意味で聞くに値するものであることはこれも当然である。そしてそういう意見がないというのは、自分でものを考える人間がいないことであり、それでは、殊にこの頃のようにラジオだの新聞だのが発達した時代には、国民全体を動かして一方に引っ張って行くのは凡そ簡単な話である。そうして見ると、我々はただ何とはなしに戦争を始め、何とはなしに平和主義者になって、これからまたどういうことになるのか解ったものではない、ということになりはしないだろうか。それに応じて、憲法などは幾度でも改正出来るから、憲法が二つや三つあった所で別にどうということはない。

× × ×

こういう話はいいかげんで切り上げるとして、少しでも真面目にものを考えて見れば、人前に出てぶちまくって恥しくない考えというものが、そうぽんぽん口を突いて出るものではないことが解る筈である。本当を言えば、一生を掛けてただ一つの考えを纏めても、纏められれば立派なことなのであり、それでは間に合わないからというので、間に合わない考えを発表しても、間に合わないことに変りはない。昔の人々が、年寄りの意見を聞きなさいということを口癖にしたのは、そのことを指しているのだが、それに就ては更にこういう風な見方も出来る。年寄りの意見を尊重するのは、それだけ時間を掛けての考えだからであるならば、若いものが同じだけの責任を取ってものを考えても、やはりこれはそれだけのものがある考えで、これも立派に取り上げていい性質のものである。そこの所に、若いものの考えと年寄りの考えを同等に扱うことの意味がある。そしてそれは既に行われているが、この頃は若いものの考えということだけでそれを取り上げる傾向があるように思われて、それでは昔何でも年寄りを奉っていたのとどこが違うのか解らない。

×　　×　　×

もう一つ付け加えれば、この頃は言わずにはいられないことが多いから、それで主義主張も多くなるのだという解釈もある。確かにそうかも知れない。併しそれに就て忘れてはならないのは、心の底からの怒りや悲しみというものは、新聞に投書したり、街頭録音で一役買ったりすることで言い表せるものではないということである。そういうことですむことは、それですますことに越したことはないし、その機会や機関が多過ぎるということはない。併しここで言いたいのは、それはその程度で、決してそれ以上のものではないということなのである。人間は本当に自分の胸の奥で感じたものを持っていなければならない。それがなければ、段々に人間ではなくなって来るものなので、そしてそういう本ものの感情は、我々の胸の奥に住み付いて離れないものなのである。

（「労働文化」昭和三十一年五月）

金銭について

恒産ナキ者ニ恒心アリ

恒産ナキ者ニ恒心ナシとだれかがいっているのを、どこかで読んだことがあるような気がする。しかし今の時代では、財産があって、あまり生活上の心配をせずに、落ち着いて道を行うことができるということはあり得ない。財産があればあるで、税のごときは別としても、始終気をつけていなければ、あった財産もなくなってしまう。いつだったか、大金持の家の若い当主というのを遠くから見たことがあるが、金の重みではなくて、むしろ、金に関する心配の重みですっかりひしゃげていた。落ち着いて、恒心があるのを楽しんでいる暇などないらしいのである。

もっとも、ロックフェラーだとか、カーネギーだとかのほんとうの大金持になれば、話はだいぶ違ってくるらしい。金がじゃんじゃんなくなってゆく一方、別な方面でほうっておいてもふえてきて、結局はいつまでたっても金持である。しかしながら幾ら使ってもなくならない金などというものは、使ってもあまりおもしろくないのではないだろうか。数千金を持って町に出ていって（というと、聞えがいいが、三千五百円がだいたい昔の十円で昔の十円ほどのきき目もない）、店から店へと飲み歩き、帰る時になって、まだすしの折詰を買って円タクに乗って帰るだけの金が残っていたというのが、金があるありがたみというものである。それだけ使って、まだ十万円の札が二つ残っていたとしたら、うんざりするのではないかという気がする。

そういう気がするだけで、これは実際に経験したことはない。ほんとうにそのような目に会ったら、あるいはそれほどいやな思いをするものではないかもしれなくて、第一、それではまだ家に帰りはしないだろう。使っても、使っても使い切れない金を持って、一度、飲みに出かけてみたいものである。ポーというアメリカの作家はいつも貧乏で、それでその、使ってなくならない金の空想にふけるのが好きだった。彼の「黄金虫」という作品は、めんどうな暗号を解読して海賊がばくだいな金を隠して置いた場所をつきとめる話である。「アーンハイムの庭」では、複利で金を百年間か何か貯金するように遺言した男があって、たいへんな額になったその金をこの作品の主人公が相続し、それでとほうもなく豪奢な庭を作るが、金がそれほどの額に達すると、日々の利子だけでもものすごいことになって、決して使い切れるものではないことを数学的に説明するポーの筆致はいかにも楽しげである。

空想するだけなら、額は幾ら大きくてもかまわない。ある時、どういうはずみからか、二十億円もらったらどんなふうに使おうかということを考え始めて、昔世話になった出版社にこのくらい寄付し、友だちに貸してやる金がこれこれ、京都に別荘を建てるのが何千万円と計算しているうちに、二十億では足りなくなった。しかしその際にすでに気が付いたことであるが、ありもしない金の割り振りをやるのにも、ひどく頭を使うもので、これがもしほんとうに億とか兆とかになる金があってのことだったら、夜も寝られなくなるにちがいない。それでは、なんのために金があるのかわからなくなって、むしろないほうがいいといい切れるかどうか、これは少し考えてみなければならない。

とにかく、金が実際にあればあるほど、けちになることは確かのようであって、一万しかはいらないと決まっている時には、二万円が相当な額に思えるが、二万円はいるとなると、大したことはない気がして（また事実、これは大した額ではない）、その使い方も細かくなる。十万円ならば、そっくり貯金したらなどという妙な考えを起すだろうし、百万円ならば、これだけで一生を暮すのには、という種類の、これ以上にけちなことはない計算を始めるのではないだろうか。だから、小金がはいった時は、われわれの人格のためにも気をつけなければならない。

そういう時は、さっさと使ってしまうといいのである。それも、ばかげた買いものなどしないで（たとえば、自家用車）、平生、というのは、そんな金がはいることになる前から自分が好きだったもの、して楽しんだことがなんであるかよく考え、それを買ったり、したりすることに遠慮なく利用することである。中学にいたころ、同級生にウナギ飯が非常に好きなのがいて、この少年にとっては、すべて金という名が付くものは、それでウナギ飯が何杯食えるということに換算された。百万円はいって、これでウナギ飯が一生食えるというふうに考えるのなら、見上げたものである。そしてこれはまちがいがないことであって、三十年や四十年はほとんど毎日食っても大丈夫だから、一生のようなものであり、そしてウナギ飯がほんとうに好きならこれは思ってみても楽しいことである。

金はそういうわけで、われわれが使うためにできている。しかし、一般には、そのように考えられていないようであり、先に、ある雑誌を読んでいたら、一月に三百円かそこら必ずためることにしてどうとかすると、死ぬ時までにはそれが三百五十万円になるという貯金法を説明した記事が出ていた。死ぬまでかかって三百五十万円で、それも自分で使えるわけではないし、この遺産を相続した子孫がそれだけでけちになる下地を作ることになるのだから、いったい、なんのために、たばこの節約などをして、苦労して月々貯金したのかわからない。しかし、それをほめていいことに思う人間もいるのだから、金はためるためのものだという考えがいかにいき渡っているかがわかる。

どうせためる積りなら、その三百円をもっと有効に使う道は幾らもある。カレーライスは八十円くらいから、高いのは百五、六十円のものまであるらしいが、その中間をとって百二十円のカレーライスならば決してまずくはない。そしてあらかじめ用意をしておいて朝から何も食わず、昼すぎになっていよいよたまらなくなった時に、この百二十円を二つ食ったら、どんなにうまいことだろうか。そのずっしりした腹ごたえはわれわれを安定させ、残りの六十円で「富士」の十本入りを一箱買って吸えば、つまらないことで気を腐らせたりすることは考えられなくなる。そういうのが、恒心というものなのである。三百円で恒心が買えれば安いものだし、また、こういうたいせつなものが高くてはならないのであって、そしてこの行い澄ましたやり方に比べれば、瀕死の老人が病床で、「ウッ、ウッ、あの三百五十万円が心残りだ」などとうめくのは、なんという醜態だろう。

それにしても、三百円だとか、一万円だとか、三百五十万円だとかいう金額の実感が、戦後は非常に希薄になった。昔は、十円というのは一晩遊んで回れる金を意味して、十五銭あれば神楽坂でも、どこにでも、電車で行ってぶらついて、また電車で戻ってこられた。どうもこのごろは、そういうしっかりした金の基準がない。二十円あっても、乗りかえがあれば、電車にさえも乗れなくて、それに電車賃と、たとえば一杯のコーヒーの値段と比較すると開きが大きすぎて（昔はコーヒーも十五銭で飲めた）、二、三十円では外に出る気もしない。だから、かえってますます金を何か具体的なものに換算してみる必要ができてくる。そしてこれは、自分の生活、あるいは好みと合った形でしなければならないので、金がある時なら三百円はただのようなものだから、これで円タクに乗り、ない時は、百二十円のカレーライスが二つ、あるいは甘党ならば、生菓子が十である。こういうふうに考えて、場合によってはそのとおり実行すると、戦後はひどく何か抽象的なものになった金を扱うのに当って、あまり浮世離れしたことをやって後悔したりしないですむ。

もちろん、たとえば大蔵省や各銀行は、こういう言説を好まないにちがいない。やはり、金があるものとないものでは、見方が一致しないのである。

オケラ戦術

死ぬ思いをして、やっとためた金を残して死ぬのは、あまり気がきいたことではない。しかし貯金するのがいいことであるのについては、ここで改めて説くまでもないことであって、いちばん合理的な方法で貯金がしたければ、借金をするのにかぎる。

われわれがなぜ、貯金をするかというと、ただ当てもなくて、ためて子孫に残すという子供に対して罪なことをするのでないかぎり、ある目的に使うために貯金するのであるから、さきに借金してその目的を果し、あとで借金のほうを少しずつ返していって完済すれば、結果は同じであり、それに借金の催促は積立預金の催促と違って容赦ないから、いやでも貯金、あるいは返金の実をあげることになる。そしてついに返し切れなくて差し押えられたり、破産したりしても、貯金する目的のほうはとっくの昔に実現したという満足が残る。

しかしそれと、月賦でものを買うのとは違うことも、ついでに説明しておいたほうがいいかもしれない。借金は、返す金がなければ仕方がないじゃないかと居直ってそれで差し押えになったり、破産したりするだけですみ、そこに自由があるから、勇猛心を起して返す気になるが、月賦はそんなしおらしいものではない。

はじめに払う金は一時払いの何分の一かにしかならなくても、途中で月賦を払うことができなくなると、買った品物を簡単に持ってゆかれてしまう。そこのところは全く機械的であって、われわれの熱情をかき立てるものがないから、月賦を払ってもだれもほめてくれなどしない。そしてそれができなくて品物を持ってゆかれれば、かなり高い使用料も払って、それを一時借りていたのにすぎないことになって、それをはじめから承知で月賦でものを買ったのでは、全額を渡し切るまでは、一時的にも、その品物を自分のものとは思えず、それが自分のものになったころには、もうそんなものに興味はなくなる。

もっとも、この月賦払いを時間的に逆にやるのは、たしかに合理的な貯金の方法であるといえる。つまり、あの月賦で家を建てるやり方であって、建築費を月々払い込んで全額に達した時に、さっそく着工してくれるとなれば、金を払い込むのに張合いがあるし、これはただ、ばくぜんと金がたくさんほしくて貯金するのとは、はなはだ話が違う。これは何も家を建てるという場合にかぎることはなくて、旅行などということも、この方法でやれるはずだし、またそういう講中というふうなものも現にあると聞いている。

しかしそういうことをする時には、相手をよく確かめて、払った金の持ち逃げをされたりしないように用心しなければならないし、また方々から月賦の注文を取っておいて大量に建てられる家が、どんな格好をしているかわかったものではない。この方法もやはり、自分ひとりを相手にやるのに越したことはない、月々、何年も小金をためて、高尾に会いに行った紺屋さんの輝かしい手本が、その時われわれを鼓舞してくれるはずである。

しかしそれならば、要するにある目的を決めて貯金すれば、よさそうなものであるが、それが必ずしもそうはゆかないのは、目的の性質によってそういう貯金をすることが、われわれの生活を富ませることもあり、われわれの人格を、いちじるしく傷つけることになることもあるからである。たとえば、高尾に会いに行くというような悠長なことならば、三年間や四年間、月給なしで働いても、確かにそれだけのことがあると考えていい。紺屋が高尾に会っても、だれも得をしないので――それどころか、高尾はそのために、もっといい客を振ったことになっている――もちろん、紺屋も少しも得をしてはいなくて、ただ損得などという〝けち〟な根性を越えてうれしかったにちがいないだけである。同じ理論によれば、われわれが月に何百円かずつためて、一定の期間の後にごちそうを十人前食べるのも、天の橋立を見に行くのもかまわない。もっともこれも、それほどまでして天の橋立が見たければ、である。

ところが、貯金をするたいがいの理由は、そんな精神的なものではなくて、住宅とか、娘の嫁入り支度とか、むすこを大学に入れる金とか、何かの意味で実益を伴うことを目標にしているのである――そういうことを長期に計画する人間は、娘は金持の所に嫁にやるに決まっている。

そしてこういう実益をねらった計画は同時に、きわめて抽象的な性格を年とともに帯びてくるのが難で、それが仮に十年計画ならば、六年目くらいには、ただ貯金しているのと、あまり変らなくなる。ごちそうを食べるのが目標ならば、そこにあるものは食物に対する実感だけで、それが薄れてくれば貯金をやめるからいいようなものの、他の場合は、実益ということ自体がきわめて抽象的な性格を備えているために、それを考えての貯金も抽象的であり、したがって、これに熱中すればするほど、ただの貯金という、そういう一つの観念に取りつかれていることでしかなくなるという結果を生じる。

これを避けるには、やはり実感をなくさずにいること、というのは、早くやりたいことをやってしまうことが大切である。十年先に、まだ嫁入り先も決まっていない娘の嫁入り道具をそろえるのが念願ではつまらないが、いよいよ話がまとまって、呉服屋だの、箪笥屋だの、生命保険の外交員だのが寄ってたかって集まってくれれば、自然に婚礼日の光景も眼前に浮び、そのために金のくめんをしても、金の観念に凝り固まることにはならない。

それゆえにやはり貯金するよりも、借金である。借金して娘を喜ばせ大きな顔をしてむすこを大学にやる。そして、こうして元はすでに取ったのであるから、あとは金を返せばいい。なんのために貯金を始めたのかも忘れて貯金するよりは、どのくらいましかわからない。どうせそんな貯金をしていれば、それを使う日が来ても、金が惜しくて費用を半分ですませる算段に頭を悩ますことになる。いやらしい話である。

しかしながら、それならば借金をするのには、どうしたらいいかということになると、これはなかなか厄介な問題である。昔は、銀行は金を預ける所でもあり、金を貸してくれる所でもあったが、それがこのごろはそうではなくなった。少なくとも、われわれ一般の人間にとっては、そうではなくなったのであって、銀行はわれわれに向かっては、しきりに貯金することを勧めても、貯金ばかりでは銀行がやってゆけるものではない。その金をどこかに貸してもうけて、それでわれわれがもし銀行に貯金などしているならば、その利子を払ってくれているのである。そして個人には貸さないなどというのは決して正常な状態ではなくて、だからこういう時代には、銀行預金も考えものだと思わざるを得ない。しかしまだ、どうすればどこかから借金することができるかという問題が残っている。

銀行が個人に貸さないならば、個人は、個人から借りるという手がある。そして相手が個人なら返す上での励みにもなって、ここで説いた借金は貯金であるという観念からすれば、これは確実な貯金の部にはいる。それだけに、返す当てがない時に個人から借金するのはよくよくのことであって、これは個人から借りて返さなければ、まずその人間と絶交することを覚悟しなければならないからである。総じて借金をする時には、その後の冒険は持ち合わせていたいものである。「壮士、一たび去って復《また》還らず、何とか……三千円貸してくれ」というのでなければ、金を借りるおもしろみがない。その他、個人でなくても、その気になれば、方々から借りられる。それをしない場合、残された道は泥棒か貯金するほかないと思えば、不思議に勇気がわいてくるものである。そうこうして、じたばたしているうちには、いずれ銀行が銀行利子で金を貸してくれる日も戻ってくることだろう。くよくよすることはないのである。

黄色い妄想

金というものの唯一の欠点は、使うとなくなってしまうということである。これは実際、困ったものであって、使うとなくなるからというので使わずにいれば、なんのために金を持っているのかわからない。それにつけてもなつかしい思い出は、三橋一夫氏がかつて書いた小説であって、それはこういうのである。

ふたりの男が、月見に出かけてきた人たちを相手に酒を売って一商売しようというので、一升ビンを一本ずつとコップを持って月見に出かける。どんな大きさのコップだったのか、一杯を二十円で売ることに決めて、そのうちにひとりが飲みたくなり、ちょうど二十円持っていて他に月見に来ているものはないので、もうひとりの男にその二十円を渡して一杯飲む。それを見て、売ったほうの男も一杯やりたくなり、二十円はあるから、先に飲んだ男にそれを渡して自分も飲む。相手は二十円もうけて、それでまた一杯飲む、というふうなわけで、二十円は無限にあり、酒は減っていって、やがて両方のビンがからになる。だから、売り切ったわけで、かなりの金がはいったはずなのに、勘定してみると初めの二十円しかないのは不思議であるが、こうしていつまでたっても多くならない千円札か何かがあって、飲み屋を一つ飲みほせたら、どんなにいい気持がすることだろう。金は普通は、こうはゆかないものなのである。

金が決してそうはゆかないことについて、『千夜一夜』にある悲しい挿話が出てくる。他にもこの種類の悲しい挿話が、このアラビアの乞食たちが語り伝えた近東文学の傑作にはたくさんあるが、それはそれとして、ある国に恐ろしく金使いが荒い王様があった。そんなことをなさいますと、いつかは金がなくなってしまいますよ、と大蔵大臣がいさめるのも聞かず、相変らずはでにやっているうちに、ある日、大蔵大臣が帳簿をどっさり持ってはいってきて、長々と説明したあげくに、ですから、もうお金は一文もありません、といって、お仕置きに会うのがこわいのでさっさと部屋を出てゆく。

お仕置きになるのがこわくてさっさと出てゆく所が実にいいので、その後姿を見送る国王は感慨無量だったにちがいない。筆者にも、これに類した経験があって、その昔、円に値打ちがあって、洋行することが代議士や一流の文化人の特権ではなかったころ、円の威力にものをいわせて外国に行ったことがあった。そしてある国に来て長逗留《ながとうりゅう》と決め銀行に金を預けて、いい気持で小切手を切って暮していた。そしてある時、もう少し金を引き出してやりましょうと思い、金イクラナリと小切手に書いて銀行の窓口に渡したところが、係がいつもに似ずてまどってから戻ってきた。もうそんなにありませんと、気の毒そうにいった。その情深い顔つきにほだされて、「貴方は『千夜一夜』を読んだことがありますか」と聞いたら、「いいえ」と答えた。リンゴの気持はこの係にわからなかったのである。

　この国王の話でもわかるような人生の達人が――学者の話では、何人も達人が――書いただけあって、『千夜一夜』には金に関する教訓に富んだ話が非常に多い。おそらく世界の文学で最初に資本主義機構による産業形態を説明したものも出てくるし、それから、大規模な女郎屋のもっとも古い例ではないかと思われる点でもおもしろい。こういう話もある。バグダッドにある老人がいて、これがりっぱな宮殿を建て、中には美女をたくさん住み込ませた。これには等級があって、最低の一晩の料金が五ディナール、その次が十ディナールというふうに何段階にも分けられ、五ディナールでも美女で、ただこれは女が自分で部屋の入り口まで出てきて客を迎え、十ディナールのは……まず女中が客を次の間に案内して、奥の部屋から女が現われる。

　二十ディナールのは、なぜそのように詳しく説明してあるかというと、ペルシャかどこからか若い金持の商人が財宝を船に満載して、ティグリス川を上ってバグダッドに貿易に来て、この奇特な老人につかまり、五ディナール、十ディナール、二十ディナールと歴訪することになるのである。

商人は正直に、一段階ごとにためしていって、最後に幾らだったか忘れたが、たいへんな金を払わなければ部屋に案内してもらえない女を見る。つまり、そこのお職中のお職であって、それでもこの商人はそれだけの金を出してその女の客になり、すっかり気に入って、毎晩毎晩、このばくだいな金額を払って居つづける。そうするとおもしろいことに、国から持って来たさしもの宝物もだんだん金に換えられてなくなり、しまいに無一文になって女郎屋からたたき出される。実際、そうしたものなのである。少しでも金を使ったことがあるものならば、この話を読んで涙を、また、正確な描写というものが与える会心の笑みを禁じ得ない。しかしこの話には、まだ先がある。

商人はそういう経験をして、胆汁だかなんだかが体中に回って真黄色になる――そういえば、この話には、『若い黄色い男の物語』という題が付いていた。そして、そのような黄色い顔をしてさらにいろいろと苦労を重ねているうちに、全モハメット教徒としてバグダッドに都するハルーン・アル・ラシッドの目にとまり、ハルーンは謁見室で商人の話を聞くと、それほどに外貨を撒いてくれた異国人に対するお礼心も手伝って、命令一下、たちまち金銀珊瑚綾錦《あやにしき》、その他いろいろな宝石などが山と運ばれてくる。それが、バグダッド市がハルーンに納める一年間の税なのである。そして商人はそれだけの金銀その他を自分がもらえるのだと聞いて、何かまた、生理的な作用が起り、胆汁が全部胆嚢《たんのう》に引っ込んで、もとの紅顔の美青年に戻り、めでたし、めでたしである。

金はだから、人間を赤くもすれば、黄色くもする。しかしこの話のようにうまくゆくことはまれであって、紀国屋文左衛門も、細木香以も、ついに元の顔色に戻らずに死んだ。しかし鷗外の細木香以伝は貧乏人必読の書たることを失わない。金の使い方を知っている人間が金を持っていたのだから、たまらない。屏風《びょうぶ》を一つ買うのに銀二十五両出す時、これを当時は切り餅と称したから、竹川町の点心堂の餡《あん》を添えてやっている。竹川町の点心堂というのはどんな菓子屋だったのか知らないが、どうせ飛び切り上等の餡を作っていたのだろう。ちょっとこんなことをやって見たいものである。そして香以は始終、そういうことをやっていたものだからとうとう死んでしまった。死んだって、だれが香以の生活をしたあとでは文句をいうだろう。

思うに、金の高というのは、長距離を走る時の体力に似ている。たくさんあれば長く走れて、あればあるほど走れるが、いつかは体力が尽きて倒れる。金もだから、なるべく遠くまで行けるだけ、初めから持っていたいものである。それも、走っている時と同様に存分に活躍して、これでもまだ続くくらい持っていたほうがいい。そして自分の所にそれほどなければ、せめてそういうまねができる他人の行状を見たり読んだりして、心を豊かにすべきである。金は使うものである証拠に、バヴァリアのルドウィヒ二世とか、さっきの細木香以とかの伝記が懦夫《だふ》をして奮い立たしめるに足るのに反して、金持が金をためて金持になった話がなんとさむざむしく、貧相に感じられることか。落語に、梅干を一つ前に置いて、それを見ているうちにわく、すっぱいつばでご飯を食べる人間が出てくるのは、こういうことは笑い飛ばしでもしなければ、やり切れないからである。

だいたい、金は使うためにできているというのも、もともとこれが長く手もとにおいては、やり切れない代物だからなのかもしれない。

〝こだわらず、縛られず〟論

なんとか大きなことといって、やせ我慢をするのは、そういうことがしたい人間の勝手であっても、金はやはりあったほうがいいものであり、なくてはかなわないものである。それゆえに金は男にとって、女のようなものなのではないだろうか。女にとっては、どうかわからない。しかし女にとっても、男のようなものであることは十分に想像できる。そして女のほうが一般に恋慕の情は痛烈であるらしいから、女が金を愛するにいたれば、たいへんなことになると思われる例をわれわれはたびたび見聞している。とにかく、金はそれほど必要で、なくては全くみじめであるために、金は使うものだとか、宵越しの金は使わないとかいうふうな気持にもなるわけである。一種の、ヒステリー現象と見るべきである。

それほど大事だということが、金というものに対する人間の態度について多くのことをわれわれに教えてくれる。ここでも、金と女を比較して考えてみるといい。金のことを口にするのを恥ずかしく思う習慣が一部の人間のあいだにあるのは、金がそういうきたないものだからでは必ずしもないのである。ひとりの女に真剣にほれ込んでいれば、人前でその女のことをいう気にはならない。そういうことをするのを恥ずかしいと感じるのは、金のことが口に出しにくいのと別ものではない。金というのがきたないものだから、いうのが気が引けるのではなくて、欲しくて欲しくてたまらないから、この恋人の名を人に告げたくないのである。

少なくとも、金に対する要求はそのくらい、切実であっていいのであって、だから一度そうとわかれば、逆に、何もそうもじもじすることはない。その点で、女と金ははっきり区別される。女に対しても、引っ込み思案をしていいことは少しもないが、まだしもそれはしおらしい感じがするし、そのために女に認められるということだって考えられる。しかし金に向かってもじもじして、欲しいのか、欲しくないのかわからない態度を示すのは、対象が対象であるだけに、愚の骨頂であり、そんな腑抜けたまねをするよりは、さっさと死んでしまったほうがいい。つまり、女のことで頭がいっぱいで、何もいうことも、することもできずにいるのは、それくらい、頭の中で何かが生きていることで、決してけいべつすべきものではない。しかし金が女に見えてくるほど困っていない限り、金はそのような生きものではないのであって――もちろん、これに対して理財家は抗議するに決まっているが――せいぜい、女のために金が必要であるから金は生きるのであり、食わなければならないから切実に欲しくなるのである。

金そのものは、赤でも、黒でも、なんでもなくて、あればあるし、なければないにすぎない。金自体がいかにそういうなんでもないものであるかを、われわれはみな戦争中に体験している。あの時ほど、金というものが無意味に思われたことはなくて、それは貨幣価値の低下というふうな経済学上の現象からではなしに、金があっても、買うものが何もなかったからである。金そのものを欲しがるのが一般的な心理だと思うものがあるならば、あの時代のことをふりかえってみるといい。欲しいのは米であり、タバコであり、炭にマキだった。そしてそれを買う金は財布の中にごろごろしていて、それでも買えなかった。あの時のように、加賀百万石だの、五千石の大身だという昔の身分や収入の標準がうらやましく思われたことはない。確かに、米が標準になっていれば、妙な抽象的な観念で頭を金縛りにされる心配はない。それだけに、金に対するけいべつも、今日よりは意味があったといえる。

金があればぜいたくができるが、なければないで別に困ることはない時代には、金そのものが一つのぜいたくだった。そしてそれゆえに、無用のものを寄せつけない武士階級の実証精神は金のことを口にすることを恥じたが、米となれば、天子から百姓にいたるまで、米、米で大っぴらに米のことをいい、米が足りて四海波静かであることを願った。またこれに匹敵する実証精神が、商人階級による金の威力の発見だった。自分で田を耕したり、殿様に仕えたりしなくても、金さえあれば米が買えるという、単純で厳粛な事実が、商人の金に対する情熱をささえていたのであり、金で大名にも有無をいわせないことに意味があったから、この時代の商人が運営する金は生きものだった。千両箱の重みが、一藩の産米の重みに対抗する、ということは、片方の重みが片方の重みを保証していたので、それゆえに、金だけが宙ぶらりんな存在になるということはなかった。

しかし今日では、金の前には殿様も、あるいは会社の社長さんも膝を屈するというのは、あまりにもわかりきったことであって、そんなことを考えてもおもしろくも、おかしくもない。ただ金というものがそこにあるだけで、それをもらったり、やったりし、金のほかに何も頭にぴんとくるものがなくなったものだから、これが一種のご本尊になって、それを拝んだら、その名を口にすることができなくて、もじもじしたりするものさえ出てきている。そしてその金はといえば、これまで述べてきたとおりのものなのだから、少しも遠慮することはない。はっきりと額を示して、きちんと取り立てるべきである。あるいはてきぱきと借りるべきである。金のことを問題にするのを恥に思う必要がなくなり、それゆえにそういうふりをするのは虚礼にすぎなくなった。ある時、ある出版社の事務所にいたら、先輩のひとりがはいってきて、そこに腰掛けるといきなり事務員に、「二万くれ」といった。「はっ」と事務員が答えた。

金銭の受授は、かくありたいものである。

もちろん、その裏の事情には、この作家が二万円借りれば、原稿料が二万円になる原稿を少なくとも書くことがわかっていて、その原稿が出版社にとってたいせつであることを相手も知っていたということがある。しかしこれよりももっと明白に金銭の受授があってしかるべき場合にさえ、おついでの時でかまいませんだの、あ、そうですか、こりゃどうもだのと、金の受け渡しがどこか雲の上か、はるかなる下界の底で行われる。自分にはよくわからないことのような言葉づかいをする人間がいるのは、金をかせいで生きている人間の面よごしというほかない。だいたい、自分がしていることを恥ずかしく思いながら、あるいは、そういうふりをしながら、やはりその恥ずかしいと思うことをやって生きている人間ほど、みじめな感じがするものはない。金がそんなに欲しくないなら、欲しい人間はたくさんいるのだから、そのほうに回すべきである。

もっとも、飲み食いする店で、店の人に、お勘定はいつでもいいですといわれるのは、これは心暖まる思いがして、なかなかいいものである。飲食店も当節は苦しいのだから、そういうことをいうのはこっちを相当に信頼している証拠であって、しばらくは公認の無銭飲食ができた気にもなれてありがたい。それがまたやりたくて、こういう店の勘定は、結局は必ず払うことになる。すべては要するに、余裕を失わずにいることに帰すると思われる。金のほうが人間に有無をいわせない代物だから、なおさら、そんなものにしばられた気持になりたくはない。そしてこれは全く気持の問題であって、しばられた形になっていても、そう思わなければいいのである。それでもなんでも窮屈なほど、困っている時は、これはどうにもしようがなくて、いやでも金を作らなければならないが、あいにく金を作るほうの話は、こっちの担当ではない。

（『私の人生ノート』毎日新聞社　昭和三十一年十二月刊）

年末とクリスマス

十二月の二十日過ぎになって、所謂、デコレーションで赤や緑や金で飾り立ててない店に入って行くのは、奥床しい感じがするものである。盛り場程このデコレーションが好きのようで、どこかから教会の鐘の音でも聞えて来るのなら別であるが、鳴りもしない銀紙の鐘に綿の雪を被せたのが吊ってある下では、飲み食いする気もしなくなる。一口に言えば、情緒がないのだろうか。

年末というものが成立するのは、一つは気分なのだから、これでは困る。人間が一年中、何かしていて、その一年が終りに近づけば、翌年は又同じことをし続けなければならないことが解っていても、年の暮だけでも一応は仕事が終ったという感じになりたくて、年が越せるとか、越せないとかいうのも、それと関係があるのではないかと思うことがある。取引上のことになれば、もっと深刻なものがあるのに違いないが、我々が越せるとか、越せないとか言っているのは、要するに方々に対する払いのことで、実際は、魚屋さんや八百屋さんに多少の借りが残っていた所で、年末だからと言って相手が差し押えに人を寄越す訳ではない。併しそういう払いを兎に角、一通りすませてこれで今年も終ったという気分になりたいから、税務署にも借り勘定は残すまいとあくせくするのだと解釈することも許される。

丁度その涙ぐましい努力をしている最中に、ジングル・ベルもないものである。あれは全く別な伝統から来ているので、キリスト教国では、クリスマスはキリストが生れた日である。星が東方から三人の博士をベツレヘムまで案内して来て、羊の番をしている羊飼い達が救世主が生れたことを告げる声を聞いた夜を記念する行事であれば、同じ教義を信じる税務署の役人も余りむごいことは言わず、全逓もストを一日止めてお年玉の小包を選り分けるという風なことになるから、これは一年の終りであるよりも、新しい生活に対する希望の芽生え、或は少くとも、人間の辛い生活に与えられた暫時の休息であって、子供が炉端に集ってこれを祝しても、少しも奇異な感じがするものではない。大人は、教会に行く位の気は起すだろう。理想は理想であることを止めなくても、それが実現に近づいたことを夢みるのは美しいことなのである。

そうすると、街でのクリスマス騒ぎというものは、益々意味がないものになる。勿論、キリスト教国には見られないことであって、東方に星が現れて役人や労組が人間の姿を取り戻すことと、鳴らない銀紙の鐘の下で一杯三百円のジン・フィズで酔っ払うのとは全く何の関係もないことである。子供も喜びはしないだろう。大体クリスマスという行事はその起りからして、子供のお祭なのであって、大人はそのために奉仕するという損な役割を勤めることになる。併しそこがクリスマスで、親爺はキリストが生れた日だと思って子供にするプレゼントを買い込み、その女房は、こうなると女は子供のようなものであるから、この機会にと序でに毛皮の外套をねだる。仮にねだることに成功しなくても、なかなかいい光景であって、だからクリスマスなのである。

我々にはそんな伝統はないから、年末はもっと静かなものであっていい。無言のうちに、取るべきものは取り立てて払うべきものは払い、その間にも年が暮れて行くのを眺めるのである。そしてそこにも、来年はもっとよくなるだろうという希望がないとは言えない。静かで、希望に満ちている点では外国のクリスマスも、我々の年末も、そう違ったものではない。東京の盛り場のジングル・ベルだけ余計なのである。

（「郵政」昭和三十二年二月）

巴里・天津・赤坂

戦後のことは前に一度か、或は何度も書いたことがあって、そのお浚いを又ここでして見るのは意味がない。幸い、戦争中にも、その前にも、引っ越しは始終していたから、材料には困らない。本式に書けば、とてもこの欄で書き切れないので、適当に選択して並べることにする。

差し当り思い出すのは、第一次世界大戦後にパリに行って住んだ時の事だ。ヨーロッパ辺りの都会では人口に対して住宅地が不足している為に、大概の人間は日本の一軒家位の間数が一区劃になって幾つも重なっているアパートの、その一区劃に住む。中に入ってしまえば、庭がない他は普通の家にいるのと同じであるが、それが四階も五階もあるビルになっていて、古いのにはエレベーターもないから、上の方に住んでいると出入りが大変だ。

暖房が恐しく古風なので冬はやり切れなくて、管理人に文句を言うと、もう暖房を始めているから寒い筈はないとつっぱねる。各部屋の壁の床に近い所に小さな円い穴が開いていて、そこへ手を当てて見たら、確かに何だか生温い空気が中から出て来るのが感じられた。恐らく、どこか地下室で焚き火をすると、それで温くなった空気が管を通って方々に送り込まれるような仕掛けだったのだと思う。

これと対照をなすのが、今はなくなった支那共和国の天津で住んだ日本の総領事館である。

アパートが利殖の為に建てるものなら、在外公館のようなものはそれぞれの国の威容を示すのがその目的の一つで、天津の日本総領事館も城郭に似て町の目抜きの所に聳えていた。

それでなくても、北支那は夏が暑くて、それを凌ぎよくするにはなるべく家の間口を広く取り、窓は密閉して、外よりもまだしも空気が涼しい内部の、その又奥で暮す他ないから、四方に繞らしてある廊下などは競輪が出来る位蜿々と拡がっていた。その一部を区切って、こっちの勉強部屋にした程だった。

又、冬は冬で、暖房が全力を挙げて家の中を蒸し立てるから、零下何度だか解らない外から帰って来てその熱気に迎えられるのが楽しみで、漸く家まで帰って来た。敷地も大したもので、今でも時々、どこに何があるのか全部は知らずに過すような広い構えの家にもう一度住んで見たいと思うことがある。これは履歴書であるから、その年代を入れるならば、よく覚えていないが、パリから帰って間もない頃のことだった。

もう一つ、昭和十二年の二・二六事件当時に住んでいた家がある。場所は赤坂台町で、その広さは勿論、天津の住いに及ばなかったが、旗本屋敷の残りなのか何なのか、とても使い切れない位、部屋があり、広間にいると片方に向うの崖を利用して作った岩山を見上げ、その反対側は泉水を眺めるように庭が出来ていた。門も押し出しが立派な冠木門で、併しこれも時代がたっていることは、或る晩、遅く帰って来たら締っているので、一息にぶつかって行ったら壊れたので解った。崖の上が近衛師団の歩兵三聯隊、その少し向うが麻布の三聯隊で、二・二六の頃は物騒だった。それよりも、谷間の奥にあったその家は細い横丁を通ってでなければ外に出られず、あのまま住んでいたら空襲で焼け死んでいたことだろうと思う。又引っ越してよかった。

（「オール讀物」昭和三十四年八月）

無題

家に受信機がないわけではないが、ラジオというのは余り聞いたことがない。先年、ウィーンの歌劇団が来た時、その公演に行って、余りよかったのでその中継放送を後で又聞いたのが最後だというのも、その前には又何年かの空白がある。尤も、台風の予報などというのは別で、大体、そんなところである。尤も、受信機はいいのを持っている。そういうことに熱心な人を昔知っていて、それが作ってくれたのだが、何でも、遠洋漁業に出る船で使っているのと同じ型のものだそうで、確かに、色々と仕掛けがあるのをやたらにいじくっていると、ヨーロッパとしか思えない音楽や、どこのものとも全く見当がつかない国語の放送が聞えて来ることがある。しかしこれは、いじくり廻すのがうまく行った場合であって、又、それがいつもとは限らないし、又、どこからの放送の何が聞きたいと思ってやって見て成功した験しがないから、これもそのうちに止めてしまった。従って、正確ないじくり方は今でも解らないままである。

一つには、自分の声を一度聞いたことがあって、それ以来、一層ラジオというものがいやになった。もう少し透き通るようないい声だという夢を持っていたのが破れたからで、あんな鼻に掛った声を聞いて喜んでいる人間の気が知れない。尤も、それがいるという保証もなくて、放送関係の編輯者は、放送を頼む相手をもっと選ぶべきである。余りラジオは聞かなくても、こっちも聴取料を払っているのだし、まして民間放送ともなれば、これは広告料を取って番組を作っているのである。聞いていていやになる声で喋る人間を出して、それで広告主に対してすまないと思わないのだろうか。幸い、テレビなどというものは家にないから、まだ自分の顔を見たことがないが、大方ひどいものなのに違いない。テレビ関係の人達も、もっとこういうことに注意しなければならない。可笑しな顔が欲しければ、動物園から、馴れたチンパンジーでも借りて来ればいいので、動物は無邪気なものだから、その方が面白い芸当が見られる。

尤も、放送関係の編輯者の中にも随分、可笑しなのがいて、いつだったか、どこかから放送して、実際の放送がすんだ後で係員が録音を消したところが、何かの都合でその放送は保存することになって、それでもう一度同じことを喋ってくれと言いに来たのがあった。これがもし出版関係の編輯者だったならば、こっちが書いた原稿を勝手になくして置いて、だからもう一度同じことを書いてくれと言いに来たのがあったら、その正気を疑われていい。しかしこんなのはラジオの方でも珍しいようで、幸い、こういう経験はその後したことがない。勿論、その時も断わったが、引き受けると思う方がどうかしている。しかしそういうことがなくても、又、テレビでなくても、妙な機械に向って鹿爪らしい顔をして話し掛けるのは変なもので、偶《たま》にやらされる毎に、二度とやるものかと思う。また事実、大概は断わることが出来て、第一、前にも言った通り、何故家に頼みに来るのか解らない。

しかし、本当のことを言うと、ラジオを楽しむことが全くないわけではないので、床屋に行った時、落語か何かが掛っているのは有難い。白い布を被せられて、身動きが出来なくなっているのだから、落語でなくても、いや応なしに聞かされてしまうわけであるが、その中でも落語はいいもので、また昔のように、寄席に行って見たくなる。その暇がないのだから、ラジオを聞かないのも、主に時間の問題なのかも知れない。しかしそれでも、聞かせるなら、話し家のように、人に話す術を心得ているものに限るべきだという自説を変えるつもりはない。

（「放送文化」昭和三十五年三月）

流行の心理学

簡野道明編の『字源』を見ると、流行というのはもとは徳が広く行き渡るというような意味に、孟子の頃から使われていたと出ていて、その下に日本では、この二字がはやるという言葉の当て字になっていることを示し、流行病という用語例が挙げてある。今で言う伝染病のことと思われて、徳も流行になれば忠君愛国でも、民主主義でも病気と変ることがないという洒落にも取れるが、実際は、民主主義などの徳と、コレラその他の病気を両極端と見て、その中間のどうでもいいことを猫も杓子も有難がるのが流行だということになりそうである。その例は多過ぎて、一々付き合っていられるものではない。しかしさしてまめに付き合っている連中にとっては、一つの流行がそれほど、長続きするものではないから助かるわけである。昨年だったか、一昨年だったか、「こだま」の運転が始まって、大阪で何とかいう外国の歌劇団が日本で初公演をやったとき、「こだま」に乗って大阪まで行き、その公演に出掛けてまた「こだま」で帰って来ることが流行していると聞いた。

しかし「こだま」に乗るのはそのうちに当り前になっても、なぜそういう流行を追うのかという問題は残る。そして、流行するものは、民主主義やコレラと比べれば大したものではないかも知れないが、決して汽車と歌劇に限られてはいなくて、我々の生活にあるもので流行にならないと断言できるものはないのみならず、実はコレラでも、或いは少くとも、ノイローゼという新しい名前を与えられた神経衰弱が流行したことは確かにあって、死ぬのは別だろうと思うものは、時勢に従って特定の場所が、そこで自殺しに行くもので賑うことを考えてみるといい。それゆえに民主主義その他の徳、或いは態度ももちろん流行するので、今日の日本の民主主義から流行の要素を取り去ったならば後はどうなるか、日本の知識階級に聞くのは可哀そうである。尤もこの場合、ものを真面目に考える人間にとって都合がいいことに、民主主義などのように目方が掛るものの流行はことに早く終って、後に残されるのはもとから続いている民主主義のための地味な努力であり、世の親たちは三原山が（或いは、今はどこか他所の場所が）いくら死ぬのにいいことになっても、自分の息子、或いは娘がそれほどの馬鹿ではないだろうと、一応は安心していられる。

それでも、何となく心配になってもいいくらいの力が流行にあるのは、社会心理学による説明は、社会心理学に預けるならば、一つには、他のものと同じことをする方が気楽でいいということがあるに違いなくて、これに比べれば流行の尖端を行くというような、逆に人の意表に出ることを望む気持はそれほど強いものであるとは思えない。第一、流行の尖端を行く方にあまり熱心だと、それを通り越して先駆者になる危険があって、先駆者がどういう目に会うかと言うと、今は平和主義が流行しているが、日露戦争中に反戦論を唱えた内村鑑三に直接に危害が加えられなかったのは、明治というのがそういう大きな時代だったからである。それで例えばそのうちに民主主義が流行するというので、今度の戦争中のような時代にその看板を出すのは、流行の精神に背くのであり、他人もそれを見て、なかなか洒落ているなどとは思わない。つまり、辛い目に会っても構わない人間は、流行を追ったりしないのである。

着物の類でも、流行の尖端というのはせいぜい、一週間かそこら先の猫も杓子もの状態に対してであって、今から来年の流行を予想した服装をするのは、流行遅れと勘違いされることにさえなりかねない。だから、誰もそういうことはしないわけで、こうして一年先の流行は解らないということがすでに流行を追う心理がそう勇ましいものではないことをもの語っている。もしそんなのが沢山いたら、三年先の流行だって思惑が行われるに違いない。そうすると、流行を作り、それを追うことの背後にあるものは、ただ安全であることを願う気持にますますなって、バスに乗り遅れたくないというのは、遅れればどんなことになるか解らないからであり、後から慈善家が百万円持って来てくれることが知れていればバスはまず空の状態で発車することになる。当世流行の不安の問題をここで担ぎ出してもいいが、実際に働いているのは流行でも何でもない、普通並の不安である。それゆえに、誰かがどういうことについてでも、その時々の流行を作ってくれなければならない。しかし流行というものが発見されて、それが流行し始めてからは、それを作るのも慎重な準備が必要な仕事になって、昔、ただ便利ということを考えて蝙蝠傘が工夫され、それがそのうちに流行して、今では雨が降ったときになくてはならないものになっているというようなわけには行かない。第一、流行で金儲けが出来ることが解ったから、これは企業の対象にもなる、それで宣伝も加えそんな風で金が掛るから、仕事はますます慎重に計画されることになるが、要するに、求められるのは権威というものであって、これさえどこかから持って来られれば、どんなものでも間違いなく流行する。というのは、流行を追うものはそれで安心するので、こうしてまた一つの色が、或いは着物の恰好が、或いはまた思想と呼ばれるものや、本や、犬を連れて鉄砲を打つことや、料理が流行する。

したがって、自分でそういう権威の一つになることも流行する。つまり、流行の中心になることであって、割に最近までは、これは独創性だとか何だとか、流行とは反対と思われるものの結果であることになっていたが、そういうものが確かに流行とは縁がないことがだんだんに解ってきて、今日では流行の中心になることも、流行の原理に従って行われている。或いは少くとも、望まれていて、そのうちでその原理に従って成功したものが、中心になる。歌が上手だからと言って、流行歌手になれるわけではない。或いはその上手であるということには限度があって、もし本当に上手だったら、それは何かの意味で独創的であることであり、これにはどうかすると、すぐには解らないという難が伴なうし、それにどっちみち独創は流行とは縁がない。実は権威というのも、その時々の誰もがついてこられる思想、味、歌の歌い方その他を案出することなのであって、そうでないものを工夫する人間は偉いかも知れないが、権威や流行の中心にはなれない。

だから、偉いということにも二通り、或いは二通り以上ある。昔の大臣、大将のうち、大将の方はなくなったが、残った大臣は、今日では、別に政治家の中で普通の意味で偉い人間なのではなくて、やはり無難だとか、何かの形で御利益があるとか、理由はどうだろうと、また、その理由が実際の政治とどういう関係があろうとなかろうと、多勢のものがついて行ける人間が選ばれるので、それがなぜ偉いかと言うと大臣だからなのである。つまり、流行歌手と少しも違うことはなくて、ちょうどいい具合に十人並だから流行歌手、或いは大臣その他になり、なったからこれは権威を与えられて、その人間が言ったことだから本当だったり、それがやることだから真似てよかったりして、そこにも一つの流行の中心ができる。人殺しの容疑者が汽車で送られて来たのが英雄扱いされるのはおかしいと言っても、人殺しは誰もがついて行ける事実であり、流行歌手が流行する限り、人目を惹くような殺人事件であればあるほど、やったものが英雄扱いされるのは止むを得ない。

フランスのルイ十四世の時代に、宮廷で廷臣たちは立っているのが原則であるのに対して、公爵夫人は椅子に腰掛けていいという慣例が作られ、それで早く公爵になって自分の女房を宮廷で椅子に腰掛けさせることができるようになるのが、まだ公爵ではない貴族たちの夢になった。しかしそれには、公爵夫人で椅子に腰掛けることが流行する、というのは、それが権威があること、というのはまた、誰もが望むことにならなければならなくて、一人で自分が本当にしたいことをする、或いはそれができるようになる努力をするのは、その人間一人だけの話である。したがって、前の例に戻るならば、公爵夫人であることと、或いはその亭主の公爵であることは、誰でもであることであり、誰でもであって自分であるのは確かに民主主義の根本精神であるが、あいにく、流行がそれを追うものに望ませるのは、この例にも見られるとおりの下らないことばかりで、そのための努力は、それで金儲けをするのが目的の人間以外にとっては、全く無駄なのだと考えて差し支えない。

もう一つ、この流行ということが本式に仕事をしたいもの、或いは地道に暮したいものの邪魔をするということがある。その仕事や暮しが流行の中心になるのに恰好なものであればなおさらであって、例えば若乃花は勝てば騒がれ、負ければもう駄目だということになって、若乃花関はこのどさくさを他所に、というのはその邪魔を押し除けて角力道に精進しなければならない。政治家だって、少しでもましな政治家ならば、同じことである。もちろん、この二つに限ったことではないので、どんな仕事でもそうであり、そうすると、流行というのは、それを追うものにとっては無駄な努力でこれに追われたものは、それでいい気持になったら、金儲けしたりする種類の人間を除けば、例外なしに迷惑する。結局、誰かが金儲けをするということだけが、流行に見られるただ一つの、着実な取り柄だろうか。後は泡のようなもので、水の泡ほども美しくはない。

（「婦人公論」昭和三十五年四月）

食べものと流行

ある雑誌に自分の大きな写真が出ていて、その下の記事に何でも、朝から晩まで酒を飲んで暮しているというようなことが書いてあったのには驚いた。もしそうならば大層、結構なことであるが、小原庄助さんじゃあるまいし、そんなことをしていていつ原稿を書き、借金の整理をし、その他必要な仕事を片づける暇があるのか考えて見るといい。その上に、こっちは貧乏で乞食までしたことが知れている身分なのだから、なおさらである。しかしながら、朝から晩まで酒を飲んでいるというのも、乞食だったというのも、要するに、噂というものなのであって、ここから話の方向を転じると食べもののことも多くは噂で出来上がっていると見て間違いないし、それが解れば、誰もがもっと食べものについても自信が持てるようになるのではないかと思う。

着物の色などというのは別かもしれないが、食べものとなれば、どんな色をしていても、我々は一日に何度か食べていなければ死んでしまうのであるから、噂だとか、流行だとか、評判だとかにそれほど左右されずにすみそうなものであるが、それが案外そうでないのは、かえって毎日いやおうなしに食べているので、それが習い性になり、あまり考えるということもしないために、人が言っていることがそれだけ気になるということもある。とにかく、おかしなことだから、こういう説明もつけたくなるので、また、いくら妙でも、そういうことが確かにあるのは否定できない。そこからどういうものはどこのに限るという種類の考え方が勢を得ることになり、それがその通りでない場合が多いから、逆に、名物はまずいという評判も生まれる。人が言うことで自分が食べるものを決めようというのだから、それも無理もない。むしろ、それにも拘らず、何はどこのが一番旨いと思い込んでいる人間がまだいるのが不思議な話である。

ある店のものが旨いというので評判になると、その途端にその味が落ちるというのも、それ故に、必ずしも本当に味が落ちるのではない。食べものが旨いというのは人によって違うのだから、ただ人から聞いただけで買いに行ったのでは、失望する人間もいるわけで、その全部が、それでも旨いと歯を食いしばって思いなどはしない。店の方こそ、いい迷惑である。そう言えば、昔はどこの何が旨いと誰もが決め込んでいるのではなくて、自分は何をどこから取ることにしているというのが普通だった。それで、鰻は大和田も、神田川もやって行けたわけである。東京でただ一軒の鰻屋が流行して、自家用車が何台も並ぶ高級料理屋の構えになり、他の鰻屋は、どうせ家は何々屋さんじゃないと思っているのでは話にならない。しかしまた、そういう風に一軒の鰻屋、あるいは西洋料理屋、あるいはまた、菓子屋を流行させるものが何かあるから、味も本当に落ちて来るのである。

食べものについて一つはっきり言えることは、家庭料理が一般に旨くない所では、外で食べる料理その他もまずいということである。東京がそのいい例なのであるが、戦後の東京の人間は皆恐しく忙しい思いをして暮している上に、これが現代日本の縮図であるなどと妙なことに勿体をつけていて、自分の家で食べるものに手間を掛けるというようなことをするのを忘れてしまってから久しくなっている。何かの縮図であるのがそんなに忙しいことなのか、また、そうして勝手に忙しがっているのが何かの縮図であることなのかどうか解らないが、その結果は、家での食事は缶詰を温めるだけでもかまわないことになり、御馳走が食べたくなればどこかまで出掛けるわけであるが、あいにく、日頃はただあり合せのものを旨いとも思わずに食べていて、一皿幾らと金を払う時だけ御馳走を食べている気分が出したくても、私の胃や口がそんな風にはできていない。両方とも、普段は食べものの見分けがつかない訓練ばかりしているのだから、いざとなってその積りになってもやはり見分けがつかず、つまり、楽しめないのである。

旨いものを出しても、客の方で別に旨いとも思わなければ、店で作るものの味が落ちるのは当然であり、それでも商売を止めるわけには行かないから、そこは色々と工夫をして、値段を高くしたり、宣伝したり店構えに一苦労したりして客を呼ぶ。そこでまた、流行が一役買う。つまり、これが今日の東京の料理屋というものであり、また、家庭料理であって、嘘だと思ったら、まず自分の家の食事から調べて見ることである。あるいは、それが確かに旨ければ、後は仕方がないから、今度は社会調査に乗り出して、自分の家の食事で満足している人間がどのくらいいるか、統計でも取って見るほかないが、これはそんなに大袈裟なことをしなくても、百貨店などで実際に旨いものよりも、手間を掛けずに食べられるものの方がどのくらい多く売れているかで解る。例えば、この頃は名店街というものができているのも一つの目安になって、有名な店のものを買うのも、自分で選ぶ手間を省く一つの方法である。

つまり、食べるということの大事なことに対して私は無関心なのであって、それでも御馳走を食べるという昔の考えがまだ頭のどこかに残っている為に、そういう気を起す時は名店街にあるいは有名な店に行く。これも噂というものの仕業であって、誰とかが一日じゅう、酒を飲んでいるとか、放送会館の前に筵を敷いて乞食をしていたとかいうのと同じことなのである。

（「装苑」昭和三十五年五月）

身辺雑記

書くのが商売なのだから仕方がないようなものの、余り書かされてばかりいると時々、何のために自分がそんな目に会わなければならないのか解らなくなることがある。

そうすることで原稿料、或は印税、或はその両方が入り、それで酒を買い、税金を払い、という風なことを考えてみても、もしそれが目的でこういうことをしているのならば、それで頭がぼんやりして、ものの味もはっきりしなくなるというのでは代償が大き過ぎる気がする。

と言って、確かにそれが目的で書いているので、それ以外にこんなことをしている理由などあるはずがない。

先日、アメリカ人の友だちがニュー・ヨークから次のような漢詩の一部を書いて送ってくれた。

人生不相見

動如参与商
今夕又何夕
共此燈燭光
少壮能幾時
鬢髪各已蒼

これも言葉であって、従って誰かが或る時書いたものに違いない。併しこのように、それを書いた人間が息をしているのまで感じられる言葉に出会うと、もとはこういう言葉にひかれてこの書きもの商売を始めたのであるのを漸くのことで思い出す。

今夕又何夕

字画が少い字を使ってこれほどの効果を収める、という風なことが出来るから、言葉も使い甲斐があるので、明日の午後三時までに四百字詰の原稿用紙で十五枚などというのとは訳がちがう。

つまり、この詩を書いた人間はこういうことを書く気がしたので書いたので、その翌日の午後三時にどこかの新聞社か出版社のものが息せき切って駈けつけたのではなかった。もう一つ、或はそれよりも大事なことだが、むかし東籬《とうり》の下に菊花を採った詩人も、それをすることとそれを詩に仕立てることの間に越えがたいほどの溝はなかったものと想像される。

羨しい限りではなくて、そうあるべきなのであり、生きている人間の見た言葉にも通わせ、そこからいつでも人間が生きている世界にまた戻ってくることが出来るのでなければ、言葉が相手の商売も大して意味がない。

Mein Lied ertönt der unbekannten Menge,

と「ファウスト」の初めに書いたゲーテも、言葉を相手にすることで生きるのを止めなかった人間の一人だった。

これには勿論、生活に追われていて、そのために書かされるというような不安がないという事情もあることを認めなければならない。併しながら、忙しい思いをして書くので気持まで忙しくなったのでは、使いものになるものは書けないので、締切を控えての重労働である場合でも、悠久の天地と言ったものが常にそこに覗いているのであって始めて言葉が言葉と結びつく。ということは、我々の生活とも結びつくことであって、それで漸く書く仕事が生活を犠牲にしての無理な商売でなくなる。

つまり、無理をしてはものにならなくて、それでいて無理をする条件ばかりそろっているというのだから、日本で書く仕事をするものは恵まれているとは言えない。

ヘミングウェーが毎朝八時から十時まで仕事をして、後は他のことをして暮していると いう話を聞いたときほど、羨しいと思ったことはない。

身辺と言えば、そんな考えが身辺に転がっているばかりである。そうすると、索莫としているということになるが、実際はそうでもない。この頃は寝ることと飲むことが人生の無上の幸福だと思っている。

（「英語と英文学」昭和三十六年五月）

私の放送観

放送というものを実はこの何年間か聞いたこともなければ、又もし放送がテレビも含むものならば、見たこともない。テレビが出来た時にはもう眼が相当に悪くなっていたから、これは初めから殆ど見ずに今日に至っている。ラジオは、嘗てトニー谷氏と小金馬氏が毎週、トクホンという薬を作っている所が金主になってやっていた番組を聞いて楽しんだのが最後だったように思う。それきりになってしまったのは、何度かためしに聞いてみても、それからというものはこれ程、底抜けにふざけた、つまり、凝りに凝って巧妙に演じられる番組に出会うことが出来なくて、諦めることにしたからである。

併しこれは家でラジオのスイッチを捻っての話で、それでラジオとの縁が切れた訳ではない。家の直ぐ隣りにアパートが建って、殊に夏はどっちも窓が開け放してあるから、ラジオでも、テレビでも、そのアパートのどこかで、或は数箇所で一時にやっているのが実によく聞こえて来る。前にそこの一室始終、喧嘩をしている夫婦が住んでいたことがあって、その喧嘩がいつもよりもひどいと思うと、それが喧嘩ではなくてテレビのドラマだったりした。その後、やはりそのアパートのこっち側を向いた一室に何だか得体が知れない若い女が二人住むことになって、これが使う日本語が凡そ奇妙きてれつな感じがするものなのが、実際に二人がそういう奇妙な言葉で話しているのであることもあり、そうではなくて、二人の部屋のラジオだか、テレビだかでそれが放送されているのを、こっちが勘違いしたのであることが、窓から覗き見した二人の様子で解ることもあった。

こういう体験に即して、放送についていうことがある。若い女が、或は、男でもいいし、或は年寄りでも何でも、要するに、テレビやラジオの放送が日常生活の一部になっている種類の人間の言葉が、乱れているなどということではお上品過ぎて実状を表すのに近いどころではなくなっているのが、放送のせいだとは確かに断定し難い。言葉が乱れているのであるよりも、何がそれでは正確な言葉というものの使い方なのか、その観念が常識の一部をなさなくなった時代には、放送の方がむしろそこらの文盲どもの言葉遣いに影響されるということも考えられるからである。併し読み書きが出来るかどうかも怪しい女が二人でやり取りするのと同じ常識の埒外にある言葉が放送劇や、その間に出て来る宣伝の文句や、各種の事件の解説でも聞けるならば、それはそのどこの国で話されるものなのか解らない言葉が、その程度に公認されたことなのであって、何と言っても言葉が商売の放送というものが言葉を崩すのに一役買うことはなさそうに思える。

併しそれは放送劇など、この頃流行の庶民とかいうものの言葉を取り入れる場合でして、ということになるかも知れない。その庶民というのが第一、気に食わなくて、仮にその庶民というのが君や僕でない、我々は偉過ぎて眼に触れたこともない何か特別に貧相な一種の階級を指すものであり、それが実在するのであるとしても、その特殊な階級に限って間違った言葉の使い方をしても構わないということはない筈である。方言や俚言、又、俗語、隠語は間違って使われている言葉ではないのであって、それぞれに正確、不正確の基準があって言葉の形を整えているものなのであり、それだから例えば、我々は江戸時代の滑稽本を読んで、そこで使われている言葉が間違っているとは言えないし、又そういう感じを受けることもない。落語は俚言で出来ていて、ラジオで落語を聞くと、その間だけ何か、化けもの屋敷から人間の世界に戻って来ているような気がする。

庶民などという言葉をそんな風に使うのは、我々庶民に対して失礼であるということでこのことは片付けて（この言葉の正確な意味から言ってもそうである）、次に、アナウンサーなどというのは言葉遣いに非常に気を付けているということが、こういうことが問題になった場合に必ず挙げられる。確かに、アナウンサーが使う言葉というものはどこの国でも特殊なものになり勝ちのようであって、例えば、英国のBBC放送で一般に用いられている英語は滑稽なものの言い方をする時の一つの手本になっている。そして、日本のアナウンサーその他、放送が専門の人達が言葉遣いや発音にそれだけ気を付けているにも拘らず、やはり聞いていて可笑しくなることがあるのも、正確な言葉というものの観念は頭にありながら、それが観念であることに止っているからではないだろうか。そこに言葉というのが曲者である所以があって、言葉は生きものの扱いを受けなければ、生きて働かないのである。

併しここから先が非常に無理な注文になる。大体、文部省と言って、日本の教育の総元締めを勤めている積りでいるらしい役所が日本の国語をエスペラントか何かに変える準備に、日本語を崩しに掛っている時、その直接、間接の監督を受けている日本の学校を出たものが、何語でも正確に使うというのがどういうことであるかを知っていることを期待するのは、とにかく、文部省の方針に背くことになる。併し文部省の命令一下、教育のことならどんなことでもやってのけられるという考えそのものが、文部省の自惚れなのであって、言葉の感覚のようなものは学校で教わること以上に、自分の周囲で始終聞き、又、自分の周囲に向って絶えず使っている言葉が影響する。学校に行かなければ口が利けない訳ではないので、又そうでなければ、アメリカの一世の心掛け次第で二世が時には極めて正確な日本語を話すことなど説明が付かないことになる。

それでその無理な注文に戻るのであるが、学校ではエスペラントの擬いもの風の日本語を教えられて、そういう学校にばかり行って社会に出るのであっても、言葉の感覚はそれとは別であり、言葉で明け暮れする放送という商売を、理由はどうだろうと、自分の仕事に選んだのならば、例えば、放送協会編の日本語アクセント辞典のようなものに頼らないで（これにも明らかに間違いと思われる例が幾つかある）、まずこの言葉の感覚を育てることを心掛けることが必要なのではないかという気がする。これは何語にも、又、何という国のどこの方言にも共通のものなのであって、大阪弁が正確に使えるならば、その感覚に基いて標準語を使った方が、まだしもこの頃の東京で育った町っ子が喋る日本語擬いの言葉よりも、まだしも筋が通った日本語になる。外国人で大概の日本人よりも正確な日本語を話す人間がいるのも、この言葉の感覚が発達していること一つに掛っている。

つまり、これは放送が本職の人間だけでも、言葉遣いに気を付けるなどということを通り越して、もっと生きた興味を言葉というものに持つならば、放送で落語か、或は落語家並に言葉に気を遣う人間の話でなければ、人間の世界で人間の言葉を聞いている感じがしないというようなことがなくなるのではないかという論なのである。又それが実現すれば、それがそのことに止るものではないということも考えられる。

再び放送劇のことに戻るが、これは隣りのアパートから聞えて来るのでも、或は円タクの運ちゃんが運転中にラジオを掛けているのでも、一つ確かなことは、放送劇の台詞というのは今日の日本語が乱れているなどということでは追い付かなくて、今日の日本の男でも、女でも、それが今日のであってさえも、こんな妙ちきりんな日本語を話すものはいないということである。乱れているのを直す積りで登場人物にあんな日本語を話させるのだというのならば、そういう言葉の感覚はなお更どうかしている。

放送劇は、それを書くものの責任であるという風なことに、今日の放送業の機構がなっているとは思えない。それならば、そういう台本を通す責任は放送業者側にある訳であって、その放送業者にも今日、放送されている種類のもののどこが悪いか解らないというのならば、これはもう全く話にならない。例えば、そういうことも放送が本職のものがもっと言葉の抑揚、文法、無作法、起承転結にもっと敏感ならば、大分違って来るのではないかということが考えられる。台本はその作者が書き、台詞を言うのはその為に雇われている職人であっても、それが本職の放送業者の耳に一度も触れずに我々に向って放送されるということはあり得ない。むしろ放送業者側の閲覧は煩さい位だと聞いている。それならば、その後のものは一体、何を基準に検閲しているのだろうか。現に、隣のアパートから聞えて来る世にあり得ない言葉の波に照しても、そのことを一度伺って置きたくなる。

勿論、放送は放送劇と、その間に挟る商品の宣伝文句だけではない。併し例えば、報道も言葉を使ってやるものである。今のように、言葉が半崩れの状態でまだ言葉の役目をどうにか果している間はいいが、これが本当に崩れ去ってなくなってしまった後で、それでは何を使ってその報道をやる積りなのだろうか。今度はエスペラントだろうか。それならば、日本の放送業者が現在やっていることは、期せずして文部省の方針と一致しているのである。

（「放送文化」昭和三十七年十月）

匿名批評

その昔、匿名批評を暫く続けて書かされていた頃、字数が厳密に六百字に限られていたので六百字でものを書くことが一時は恐しく旨くなっていた。何か考えが一つ頭に浮んでそれに就て書き出しさえすれば、殆ど機械的にその趣旨が二百字、二百字、それから最後の二百字という具合に纏って、三十分もあれば大概どんなことでも一応は恰好を付けることが出来た。それで二百字詰めの原稿用紙というものを当時はいつも傍に置いていた。

併し今はもう書かなくなった為ではないが、この頃の匿名批評というのは全くひどいものである。どうも匿名だから何を書いても解りはしないと安心しているのだとしか思えなくて、理屈を述べているようでいて少しも筋が通らず、批評するという建前なのが単に罵言を弄しているに過ぎない。その誰にも解らないからという根性を問題にする前に、どういう根性だろうと人間がこれ程までに無智になれるものだろうかと不思議になって来る。

匿名批評の第一の条件は、それを誰が書いたか直ぐに解るということでなければならない。ただ匿名批評ならばそこに多少の遊戯の気分が入って来ることがこういう批評の特徴なので、それは自分の顔を隠して裸踊りをすることではない筈である。結局これは智能の問題になると思われるが、そうするとこの頃の我が文学界ではその程度の頭しか持たないものが特別にこの種の賤業に従事させられているのだろうか。これで正味六百字になる。

（「心」昭和四十二年七月）

思い出

どうかして電子計算機のことを耳にすると、ロンドンの地下鉄を思い出す。その駅の多くは電車が発着する地下から人を自動式の階段で地上に運ぶしくみになっていて、その両側の壁や、それから電車を待つ地下の駅の壁や、また、人をそこまで運ぶ昇降機にも、いろいろな広告がしてある。その中で「最高の月給」という見出しが付いたのが目にはいり、いったい何の広告なのかとその広告の文章について考えているうちに、それが電子計算機の学校にはいれということなのだということがやっとわかった。それがアメリカのそういう学校の出店といったふうなものらしく、そこを卒業すればどこの会社でも最高の月給ですぐに雇ってもらえるというのである。

英国は現在でも就職難よりは人手不足で、電子計算機のことを勉強したりしなくても高給でどこでも雇ってくれるのだから、そこのところを考えて高給の上の最高給ということで生徒を募集しているのかなどと思ったものだった。しかし電子計算機のことはそこまででおしまいであることをここで断っておく。

その最高の月給という広告の意味を察するに苦しんだお蔭で、それと並んでいた他の広告のことがつぎつぎに頭に浮んできて、いまから思うと、そんなふうに思案しなくても旨いものだと感心することができるのも随分あった。

たとえば、「奥さんはこれを流しに空けてしまってはいけません」というのが、ある銘柄のビールの広告で、亭主が飲んだくれるのをいやがってそういうことをするのは、亭主がそのビールで疲れを取り、何かと商売の案を練ったりするのを邪魔することになるのだから考えものだという趣旨である。それから、「ズボンは作っていないのが残念です」という文句のは、毛織りの上衣、ネクタイ、靴下などの製造元で知られた大きな会社の広告で、絵は等身大のスコットランド人が正装したものだった。スコットランド人のそういう服装は特殊なもので、ズボンを履かずに、その代わりにキルトという重い毛織りのスカートのようなものを用いる。

もっとも、この広告も電車が動かないうちに見なければならなかったりして、全部読み終わるまでに時間がかかった。

電車の中でも客席の上のところに一列になって広告が貼ってあった。いちばん感心したのは、何か大きな土地会社のようなもので、これには二種類あり、同じ会社の名前なのに、郊外の住人になることを勧めているほうには都会生活が不愉快なことを気が利いた四行ばかりの詩と漫画で宣伝し、都会に来て住めというほうには田舎で暮すことのつまらないさがまったく同じ形式で強調してあった。いずれにも一理あるとすれば、田舎に行って住みたいもの、あるいはそこで仕事を始めたいものは、その土地会社にそういう土地の相談に行き、都会がいいものは、そっちのことでやはりその会社に行くというわけで、それを矛盾だなどといっていては、ロンドンの地下鉄には乗れない。

何かそうした楽しくもの解りがいい感じが漂っている地下鉄だったから、随分くだけているのと思う種類のものもあって、そのまえに立ち止って眺めているのが、気が引けたりした。誰もほかにそんなことをしているものがないのである。

こう書いてくると、ロンドンで地下鉄にだいぶ乗ったようなことになるが、実は地下鉄のことを教えてくれたのがホテルの受付の人で、ある日、ある所から別などことかまでタクシーでどのくらい時間がかかるだろうと聞いてみると、それよりも地下鉄で行ったほうが確かで、ずっと安いといって、丁寧にその乗り方まで指南してくれた。まったく親切な仕打ちと、いまになっても思うのだが、事実そのとおりにするとずっと安くて待たずにすみ、それから地下鉄に乗っては広告を見るのが始まったという次第である。

（「B・i・t」昭和四十四年十月）

日本の現代文学

自分が書きたいことを書いてそれを出してくれる所を探し、そこからそれが一冊の本になって発行されるというのが文士の仕事が本当に取るべき形である。併し実状は多くの場合そうでなくて新聞社、雑誌社なにからの注文に従って書き、それが或る程度の量になった時に本屋に頼まれて本にするのがこの頃は普通なことになっている。〝日本の現代文学〟もそうした本の一つであるが、読み返して見てそう脈絡がないという感じもしないのをせめてもの幸に思っている。併し読者にはこの本がそう受け取られるのだろうか。(雪華社・600円)

(「出版ニュース」昭和四十四年十一月下旬)

騒音の防止に就て

耳にがんがん響いて来てやり切れない音の中で或る種のものに就ては幸にこの頃になって文句を付けるものが多くなり、その対策も遅れ馳せながら講じられ始めているようであるが、そのやり切れない音というのは必ずしも鼓膜に実際に響いて来るものに限られていなくて、例えば活字で印刷された言葉や猫撫で声で放送される言葉にも騒音と変らない弊害を及ぼすものがあり、これに就ては我々は全く無防備の状態に置かれている。尤もこれはその性質からしてこれを防ぐのが偏に我々自身の態度に掛っているのであるから無防備というのは我々に防ぐ意志がないということにもなり、それでいて我々がこの種の騒音にさらされているのを喜んでいる訳ではなくて現代人の辛さがどうしたとか言っているのかち見れば要するに何が何だか解らない具合に我々の頭がなっているというのが寧ろ真相に近いのかも知れない。

兎に角この騒音が騒音である所以の一つにこれに接する時に我々に大人しくその通りに

騒ぎ出さなければならない義務があると思わせるような性格をこうした音が持っているということがあり、それに従って例えば新聞で日米間の為替の事情が変るという一大事が起ったと報道されれば我々はこうしてはいられない感じになり、その次の日に台風が日本中を雨浸しにしていると書いてあればやはり我々はいても立ってもいられなくなる。或は少くとも我々にそういう状態になることを要求する何かがこういう騒音にはある。そして為替のことがそれ程大事であっても次の日に日本中が雨浸しになれば為替のことは新聞から消え、台風の被害が空前のことであるのはその台風が東支那海だか東方海上だかに去るまでのことである。併しまだしも為替相場の変動や台風は兎に角事実に即してのことであって我々なりにその事実に対処するのに放送や新聞の記事が何かの足しにならないこともないが、その他に殆どその昔、流言蜚語と呼ばれたのに類するものがあり、これにも我々が大人しく付いて行くのは幾らそれが当世風のことであっても自分自身の利害を顧みないのも甚しい。

何かの広告の文句を手持ち無沙汰に読んでいたらばこれからの社会は情報社会とかいうものになるのだそうで、それが今までの社会と違っている点は今までのでは物質が尊ばれたのに対して情報というものの性質がどうとかしていることから情報社会では精神が尊ばれることにあると書いてあり、これが何を広告する為の文句だったかは忘れた。併しそういうことを書くのが当世風であるからそれが広告の文句にもなるのに違いなくても人間が物質よりも精神の方が貴いことをその情報社会とかいうものに教わる必要はない筈であって、それでその情報社会というのがその程度の根も葉もない一種の捏造、つまりは騒音であることも明かになる。又そのように情報が大事であるならば、そして確かにこれは太古の時代から大事なものだったのであるが、それならば日米間の為替相場の変動にしても昨年の暮れまでには察知していなければならなかった。併し情報を摑み、情勢を察知するのは精神の働きであって情報社会で精神が尊ばれると言った種類の精神の働きはこれも太古の時代から大して役に立たなかった。

もし今の時代が未曾有のものであるというのならばなお更のこと我々は我々人間という古来変らないものとしての足場を固めなければならない。我々が生きている時代がどういうものであってもそこで生きているのが我々人間というその古来変らないものだからである。例えば情報社会というような日本語でもどこの国の言葉でもない新造語の製作も慎んだ方がいいと思われて、こういう得体が知れなくて言葉であるかどうかも解らないものを使っていてはそれだけ頭も混乱し、それこそその未曾有の時代に対処するのに何の用にも立たなくなる。恐らくはその原語と見做されるものが外国語にあるというのに違いない。そしてその外国語を誤解していることだけは確かであって現代人とかいうのは外国語を読むことさえも出来ないらしい。併しその現代人とかいうのに出来ないことは他にも色々あり、それが例えばものを考えることだったり真剣になることだったりするうちに台風が来たりする。昔はそれを浮き足立つと言った。

（「心」昭和四十六年十一月）

政治が澄むとき

我が国では、政治というのがどういうのか面倒なものに考えられている。この点は哲学と同じで、そのいずれもどういう性質のものかさえ明確でない点でも、この二つはその我が国での扱われ方では似ている。その哲学のことは知らないが、政治がその性質からしておよそ素朴にそのものであるのが、いつ頃から我が国では、ある全く別な摑まえどころも手掛りもないものに仕立てられたかは興味ある問題で、恐らくは哲学と変らず、明治になって哲学とか政治とかいう言葉が初めて使われることになったために、それまでの哲学や政治と違った新しいものがそこにあると受け取られたのではないかと思われる。しかし政治は人間の動きであって、人間というのは革命で変るものでない。その人間から目を背けて、これからの政治というようなことに取り憑かれた者があったのが、その後の混乱を生み出したのだと考えるのが妥当のようである。確かに明治になって、それまでなかった幾つかの観念が政治に入ってくることになった。しかし民権とか自由とかいうのは政治と同じで、それまでにあったものが新たに別な名前で呼ばれることになった例であって、その民権も自由も人間のものであり、ただその言葉の響に取り付いて、その根本である人間を無視しては自由も民権もない。

その代りにその観念が残り、それが意味を持たないままに、やがて符牒、合言葉に変っていく。しかしその空白に浸っていれば、政治も何か摑まえどころがないものに歪められていくのは免れないことであって、さらに生憎のことに政治の観念がいかに歪められても、政治は続けられなければならない。これが観念の混乱に拍車をかけた。それは政治を行う立場にあると見られる者もこの混乱を免れなかったことで、政治を行うということをする者の仕事が、実際には人間の動きを感じ取ってこれに具体的な形を与えるか、あるいはその方にその動きを向かわせるかすることである時に、自由、民権、その他が先に来ては、これを敵視するというような無駄なことまでする余地が生じる。さらに政治は曲りなりにも常に行われていなければならなくて、また現に行われているものであるから、政治に名を借りて自分の栄達を図るものも出てきて、今日では政治家と言えば、だいたいその類を指す。その政治家によってでも、政治は行われなければならないのである。

何故ならば政治というのは人間の動きであって、これに具体的な形を取らせるのが初めからの目的である機関がなければ、途中から何が何なのかわからなくなった機関を使っても、人間はその動きに具体的な形をとらせることを望むからである。それは政治というのが、我々が総選挙の投票日だけでなくて日々していることなのだということでもあって、我々が我々の住んでいる町の名前の無茶な変更に反対しても、あるいは我々から日光を奪う建物が建つことを不都合に思うだけでも、それは政治である。あるいは我々の暮し方そのものが政治であるとも言えるので、これが着実なものであることが政治にその方向を与えて、これに逆らう時に政治は挫折する。それで代議士になりたいものが立候補して、皆様のためにどういうことをすると言うが、そのどういうことというのは、その皆様のめいめいがその暮しに即して実現していること、あるいはその実現を目差していることであるべきなので、それが単に口約束だけのことであるならば、これは勿論それきりである。

したがって政治には、我々のめいめいが否応なしに、あるいは当然のことと考えていつもしていることと、その方向を、あるいはそれが目的で実際にはあるべきことを察してその動きを促進することとの二つの面があって、その察することをするのが政治家、政治に名を借りて私利を図るのでない政治家でなければならない。そこに何も面倒なことはないので、ただ当然であることが幾つもあって、その処理に考慮を要する時に初めて政治の複雑が生じるはずなのである。その複雑ならば、我々も我々の日々の暮しで知っている。ところが我が国では、少なくとも考えの上では政治はおよそそのようなものでなくて、右に左、前向きに上向き、その他の地道に暮しているものの理解が遠く及ばないことが入ってきて、あるいは入ってくるものと考えられていて、それで保守とか革新とかいう、これも刊行物の活字に限られた分類が、実在するのも同様に用いられている。さらにそれが政治の一種の基準にまでなっているのであるから、そのためにも政治が歪められることを免れない。

面白いことにはそれでも政治は我々のめいめいがしていることで、一方ではそういう実際の政治があって、そのまた一方では、上向きだの下向きだのの政治の遊びとでも呼ぶ他ないものが政治で通っている。もしその余計なものが取り除かれるならば、空気がどれくらい澄むことか楽しみである。

（「プレジデント」昭和五十二年二月）

Ⅱ

一つの見方に就て

ペエタアは「ルネッサンス」の中で絵画に就て次のように言って居る。

「一方に於ては凡てが我々の知性を介して、又それに向けて働き掛ける筆先の技巧を獲得することだけの問題であると考えること、そしてもう一方では、やはり知性に訴える単に詩的な、或は文学的な興味が凡てであると見做すこと、此の何れかが大部分の観衆、及び多くの批評家に認められる態度であって、彼等は、その中間に位する真に絵画的な性質、そしてそれが線と色との独創的な扱い方に他ならない絵画的な才能の唯一の規準なのであるが、此の性質に嘗て気付いたことがないのである。……それはデッサンであり、……色調であって、……それ等の本質的に絵画的な諸要素は先ず美しい硝子の什器と同様に直接に、又官能的に我々の感覚を満足させなければならないのであり、斯かる印象を通してのみ詩とか観念とか、その他画家が意図して居ることでそういう直接の印象の彼方にあると見るべきものを表現することが要求されて居るのである。……」

これは改めて説明することを必要とするだけの新奇さを欠いた言葉であるが、私がそれを茲で引用するのは、私自身絵画に就てそれ以上のことを考えて居ないからである。併しこれをもっと漠然とした表現を用いて、画は美しければいいのである、と言い直せば、其処から出発して更に数言を費す余地があるように思われる。

私が最初に画というものに興味を持ったのは、子供の頃に鉛筆で画を描いて居て（そういう場合にも「画を描く」という言い方しかないのは不便であるが）、自分が書いて居るものに影を付けることでそれに実際の物体が有する円味に似た感じを与えることが出来るのを発見した時、又それと相前後して、四角い箱を斜に見て書くことによって画にそういう箱の立体感を与え得ることが解ってからだった。これもそのようなことを態々書くのに弁明を要する幼稚な事件である。併し絵画に就て何等かの理解が私にあるとするならば、そして少くとも私がそれ以後絵画に就て抱いた興味を説明しようとすれば、そういう理解や興味は凡て右の事件で私が覚えた感情を出発点とし、又これに依拠して居るのであって、要するにそれが私に於る一切の絵画的な印象の前提をなして居るのである。そう言えば、私はその後も同じ種類のことを事物の形態を写すことに就て色々と発見して、最後に人の顔を斜に見て書いてこれに影を付ける煩雑さに行き当って自分自身で画を書くことに興味を失った。

こういうことを幼稚とするならば、同じ幼稚さを別な面に移して、現在我々に絵画として提供されるものには大別して二種類あると言えるように思われるのであって、その一つはありの儘のその物象をありの儘の、或はありの儘と見える位置に於て描いたものであり、もう一つはそうでない種類である。例えば林檎が三つ卓子の上に置いてある画は普通の画であって、三つ眼がある人間が何人かその輪廓の線を交錯させて居るのは後者に属する画なのである。併しそうすると例えばルオーはどちらかということになる。そして主として絵画に於る変形を廻って私が最近得た感想を書きたくなったのが此の小論を書いた動機である。

林檎が三つ卓子に置いてある画を論じるに当っては、我々自身林檎が卓子に載って居るのを見て居る場合を想起することが許されるのであり、それを完全に画面に描き得た作品があるとすればそれが古今無類の傑作であることは疑いの余地を残さない。何故なら個々の物体に可能な個々の配列にはそれぞれの詩があり、然も一つの配列に於て斯かる詩が取り得る表現の形態は無限だからである。セザンヌは彼なりに林檎を描いたのであって、自分なりにではなく普遍的に一個の林檎を画面に据えることは現在の世界の物理的な機構に於ては不可能であると思われる。

三つ目の人間の画は何処で見たのか覚えて居ないが、その時受けた醜悪な印象の記憶は現在でもはっきりして居る。そうすると絵画に於る変形を論じる場合には何が基準となるのだろうか。例えば何故ピカソが美しいのだろうか。我々と可視的な世界との関係に於て、我々が我々の視覚を介して其処に認めるものは言語によって表現し得ないのであり、従って言語の関係に於て（と言うのは我々の日常生活に即して）限定した「ありの儘」という一つの観念的な基準は其処に実際には存在しないのである。併し画家が其処に見る木や石は我々の周囲に認められる木や石であって、言語によってこれ等の木や石が無限に限定され得るのと同様に、画家はこれ等の物体から無限の視覚的な材料を供給される筈である。そして茲で重要なことは、画家がそれ等の材料を組み合せて一つの画面を構成する場合、彼がそれによって我々に抱かせようとする印象の一つ一つに於て、彼自身がそれ等の材料から得た印象を忠実に視覚的に我々に伝えなければならないということではないだろうか。即ち彼が一本の木の緑から得た印象がそれ自体として我々に与えられるならば、それが一枚の風景画に用いられるとしても、或は一枚の皿の光沢として描かれるにしても、それは現実の体験として彼の構図を活かす筈であり、又その木も彼の意匠に従って如何なる画の如何なる位置を占めることも許されるのである。木が木であって、画家が木から受けた視覚的な影像ではなくなる時に文学が生じて画ではなくなるのではないだろうか。

これは何よりも画家にとって、画家としての訓練が必要である事を意味して居る。即ち其処に技術と教養の問題が考えられるのであって、此の点で絵画は文学と同じ領域にその立場を取ることを強いられる。絵画に於る変形に類似した事情を文学に求めるならば、それは十九世紀末のフランスの象徴主義文学運動にも見られる。然もマラルメの「ありの儘」ではない詩は言語の用法に関する厳密な操作の修練と、古典に於るその広汎な用語例の習得とに基いてなされた一篇毎の努力の結果として形成されたのであり、それなくして彼の作品の魅力を感じることは出来ないという事情はその後に現れた超現実派の詩を評価する基準にもなって居る。何故なら若しそれ以外の基準があるとすれば、それは言語の本質を無視した約束と言語を素材とする芸術に強いることになるのであり、基準として意味をなさないからである。

絵画が線と色とを素材とする芸術である以上、画家の精神は（そしてこれこそ文学者の想像力とは凡そ異った世界に属して居るのであるが）、先ず色と線とによる己の意図の表現、と言うことは要するに色と線とによって人間の精神に何物かを伝える技術に習熟することを必要とする筈である。そして此の場合にその対象たる人間の精神に自己の精神を用いる他はなく、又それが唯一に確実な対象であるとして、斯く考える時に先ず「ありの儘」の画を書く技能に長じることが先決の要件となるのであり、所謂解剖学や遠近法も茲に於て最大の意義を帯びて来る。ピカソの精密な昆虫のデッサンにしても、彼が己の芸術の本道を離れて全く無用の技に耽って居たとしない限り、それ以外の説明を許さないと私は考えて居る。又馬の形態や運動に関する精密な知識がなかったならばドガの競馬場の画は成立しなかったことが余りにも自明の事実であるとして、私は茲で一段の飛躍を試みて、若しバルザックの「失われた傑作」で語られて居る、絢爛な色の無秩序の隅に一本の見事な女の足が突き出て居る画に於て、その足がそれ程見事に描かれて居なかったならばその画の価値は失われただろうと言いたいのである。そして此の場合にその混沌たる色の氾濫が別な色彩を帯びて居たならば、その結果は同じく致命的だったことと思われる。即ち構図、色調、解剖学が完璧であることを要求されて居る点で此の画は文学ではなくて画なのである。

バルザックが想像した画が絵画芸術の要点を捉えた構想であって文学者の妄想ではないことの確証を、私は今度の二科展を見に行って得たと思った。私が岡本太郎氏の「夜」を見る為に入った第八室は変形を技法とする画ばかりを陳列して居るようであって、私は入って行って新井すみ子氏の「花束」に無条件に惹かれた。画面一面を占めて居る濃い桃色の中から同じ色をした匂豆の花束が浮き出て居る此の画は、私の眼にはその儘一枚の画として映り、然もそれは和蘭派の室内画に綿密に描かれた光景が解らないものをその画の内容として持って居るのと同様に確実に何か解らないものを表現して居た。これと同じ部屋にあった田中君子氏の「夏すいせん」との相違は技術上の相違であり、其処に画としての決定的な相違、即ち画家に於る制作上の精神の問題があると私には思われる。そしてこれと同じことが岡本太郎氏が出品した二点の作品、「夜」と「憂愁」に就て言えるのではないだろうか。私には「夜」が優れた作品であるとは思えない。同じ木を描くにしても、曾て冨山房が刊行した長田幹彦訳の「アンデルセン物語」に附せられた、珊瑚樹の林の中を抜けて行く人魚の挿画の方が遥に美しい感じがする。「夜」の処々に塗られた赤が不必要にどぎついのでないのならば、これと対照をなすべき全体の色調たる暗黒色が陰翳に欠けて居るのである。そして女が握って居る匕首が何故匕首として我々に感じられなければならないのか。私には従って此の作品が本来ならば或る画の下絵として描かれるものをその儘念入りに、一本の木枝も修正せずに潤色したとしか受け取れなかった。そしてこれに引き換えて私はその隣に掛って居る「憂愁」に搏たれた。それが何を表現して居るのかを此の際に問題にするよりも、一塊の岩が下からの光線を受けて其処に卵を立てたようにして立ち、岩の額にも当る部分を幾本かの白い旗が行列して居る此の画の効果が何か強力な内容を持って我々に迫って来ることを感じないでは居られない。問題は、如何なる省略法によるにもせよ、其処に正確に一個の岩があり、それが下からの光線で影を作り、太い線で劃された旗の白が古い、メムリンク辺りの（メムリンクが何派だったか忘れたが）画に描かれた家屋や家具の幼稚で何か凄惨な色を湛えて居ることではないだろうか。これが「憂愁」と題されて居ても、或は何か別な画題を持って居たにしても、此の画は此の画によってのみ表現出来る内容を持って居ることは疑えない。茲に私は、己の技術を完全に己の意図に服従せしめ得た一つの構想を見るのである。即ち此の画は正確に絵画の方法を駆って芸術の域に達して居るのが感じられた。

芸術という言葉がその曾ての峻厳な、意志的な意味を失い掛けて居るのではないだろうか。此の域に達する為に如何なる努力も厭わないのは当然であるとして、その為に凡ての手段が研究され、斯かる知的な努力がその重量感で画面を支えることも曾ては一つの作品に最低の条件として要求されて居たのである。

（「アトリヱ」昭和二十二年十二月）

文学の実体について

文学の仕事に従事し、文学に就て語り文学を自分の生活の最大関心事にしているものがどの位いるだろうか。文学に対する関心ということを問題にするならば、そういう関心を持つものは文学者に限らず、更に何倍かの文学愛好者を含んでいてその総体をこの方面での専門家と見做すことが出来る。

これ等の専門家達が作り上げた文学の観念に就いて最近かなりの疑惑を抱くに至った。それは、文学が問題にされる時に語られる言葉が、我々が実際に文学作品を読んで受ける印象と一致しているかどうかということに尽きている。例えばかつては我が国の文学作品が私小説という一つの形式に独占されて、この種の作品を理解出来るのは、文壇という狭い世界に住むものに限られているということが言われた。併し今日文学に就て書かれている事柄の大部分にしても、人間と文学との正常な関係とは縁が薄いものではないだろうかと言うのは、その実感を失ってはいないだろうか。

説かれていることが難し過ぎるのではない。文学にしても何にしても専門的に研究を進めて行けば、その結果を発表したものが誰にでも直ぐに理解されることではないのは当然である。又文学作品を読むのに努力が必要であってはならないというのでもない。人間というものと同様に文学上の傑作もその本質を捉えるのは容易なことではない筈である。併し少くとも文学作品が文学であり、文学に就て語られる言葉が、文学の実体に即したものであることを要求するのは、これも当然のことである。

我々が文学を要求するとすれば、それは我々の精神がそれによって楽しまされるからである。

我々が始めて文学に親しんだ頃のことを思い出して見ればいい。我々は自分の精神を高めようとも、文学に親しむ自分を高級な人間とも思わなかった。併し我々は確実に何等かの夢に捉えられて、この夢を追うことに時間が立つのを忘れた。文学書に親しむことによって、例えば人生に対する不安と言ったものが生じたとすれば、それを解決したのは文学ではなくて哲学、と言うよりも我々自身の思索だった筈である。我々の夢を育くみ、我々に夢を追う勇気を与えること、これが文学の最も純粋な在り方であって、アンデルセンの童話から漱石の小説、ヴァレリイの評論に至るまで、これに対する例外は認められない。この事実まで遡る時、今日の大概の文学論は的を逸している。

（「天馬」昭和二十四年七月）

評論の文章構成

日本の現代文学が発足して以来、評論に用いられる文体の変遷は、小説の場合よりもずっと烈しかったと言える。これは一つには、小説と評論の観念上の違いから来ているのであって、小説は新旧、又東西を問わず、何か或る話を読者の為に語るという建前に変りはないのであり、その話をしている間、読者について来させる為には、自分が書くものを読み易く、要するに、読めるものにすることを一応の目標として、絶えず心掛けていなければならない。そして読める文章を書くということはそれだけで文体を統一する働きをするのみならず、書いているうちに或る一定の水準に比較的に早く達する結果になるのが普通で、又国語そのものに大した変化がない限り、その水準が絶えず上下して文体の混乱を招くということがない。

評論に就ては、事情がもっと複雑だった。話をするという共通の目的がなくて、それ以外の、小説にも認められる色々な目的は凡て評論にもあり、結局、評論を書くという曖昧な目的の他に何も評論の仕事を定義するものがなかったからである。教えることも、説明することも、推論することも、評価することも、評論の仕事と考えられて、これを統一する一つのはっきりした観念がない以上、評論の文章にも具体的な基準というものが出来る訳がなかった。従って、読み易く書くなどということは、今日に至ってもまだ批評家であることの条件の一つに、必ずしも数えられてはいない有様である。

恐らく、評論で用いる文章の発達を妨げた最大の原因は、評論は何か思想を語るものだという考えだったと思われる。思想を語るということから、言葉の問題は二の次になり、理窟を並べることが批評家の仕事だという観念が作り上げられて、ここでも読者の種類が小説と違って決らないままに、それはつまりは自分に向って理窟を並べることとなのだった。その結果は、偉そうなことを言う方が、説得力がある文章を書くことを心掛けるのよりも、評論では大事なのだということになる他なかった。その証拠に、今日でも、何のことか訳が解らない論文程、高級だと考えられる傾向がある。そしてその為に誰も、批評家も勿論、得をしてはいない。

少くとも、初期の時代には、評論を難しくしていた理由の一つに、用語がまだ出来ていなかったということがあった。日本の現代文学の基礎になっている文学の観念がヨオロッパから来たものであることは言うまでもないが、それがそれまで日本で行われて来た文学に対する見方と本質的に違ったものだった為に、その観念と、それに属する更に多くの観念を言い表す言葉がまだ日本語にはなくて、批評家は思い思いに新しい訳語を案出して用いる他なかった。例えば、この観念という言葉にしても、それが一般に認められて誰もが使うようになるまでにはかなりの年月が掛り、その間、色々な人間が同じことを言うのに色々な言葉を工夫して、批評家が書く文章はその為に更に混乱した。

鷗外が、そのいい例である。何を書いても現代の日本語の典型たることを失わないあの名文家も、評論だけは今日、殆ど読むに堪えないのは、現代文学に就て語るのになくてはならない言葉が当時はまだ日本語に殆ど一つもなくて、鷗外がそれを補って作った言葉の代りに、今日では他の言葉が使われているからである。それが例えば、『審美綱領』の致命的な欠陥になっているのであって、その罪を鷗外に負わせることは出来ない。寧ろ我々は例えば彼の史伝に、批評家にとっても充分に手本になる、説得力と的確な推論を兼ねた文章を見出す筈である。

併しそれでも評論は書き続けられて、見当違いな摸索が各時代の、どの批評家をも引きずり廻して、今日から見れば凡そその場限りの文章を彼等に書かせながら、何か一つの文章の規準に近いものを少しずつ作り上げて行った。五十年もたてば、用語も或る程度まで一定して来る。そして何よりも、評論が書かれればそれを読むものがあり、読むものが殖えて来れば、文章も多少とも読まれることを目的にして書かなければならなくなるからである。ただその認識を批評家が持つようになったのが実に最近のことで、それまでは読者の方も批評家の独りよがりな、或は舌足らずの文章を、そこには何か思想が説かれているという建前に対する敬意から許していた為に、仮に一世代、三十年間を区切りにして見ても、今日と三十年前とでは、評論の文章は小説とは比較にならない程の変り方を示しているのである。

と言っても、文体と呼ぶに足るものの獲得に向って行われて来たこの変遷が、今日に至ってその実現によって、一応は終ったことを意味するものではない。批評家も文学者である以上は、何よりも先に自分が考えていることに基いて読者に呼び掛ける練習、つまりは自分なりの文体の獲得に重点を置かなければならないという観念が、今日の批評家の間でも、一向に徹底してはいない。第一、こういう当り前なことを言い出すのがまだ今日の所では、意外に感じられるのではないだろうか。評論の目的は何か或る思想を述べることにあって、作文ではない。従って、何だというのだろうか。それならば文学の他の形式は凡て作文なのだろうか。

凡ての文学は作文であると言える。批評家の仕事は何かの意味で、思想を語ることであるかも知れない。そして読んでもはっきり意味が取れないことが今日までに多数の批評家によって書かれて来て、そうした人間が今日でも、批評家と称するものの大多数を占めている。それが人間の生活に、或は仕事に、どれだけの寄与をなしたかは、考えて見るまでもないことだろう。寧ろ大いに考えて見ていいのは、曖昧なことを書いて何か思想上の主張を行っている積りでいる人間が、もしそれをもっと解り易い文章に書き直したならば、自分の思想というのが出鱈目であることに気付きはしないかということである。従って、評論の文章構成に就て述べるとしても、その手本になる文章を幾つも挙げるという訳には行かないのであって、それよりも、評論を書く時の心構えに就て語って、後は本当に評論と呼ぶに価するものがもっと現れることを期待した方がいいということになる。

それにしても、ここに例えば福原麟太郎氏の、次のような文章がある。――

人生が失敗であったとか、成功であったとかいうことに、どんな意味があるのかとも言ってみたい。死んでしまえば万事終りで、人はその一生を、何とかして過ごして来たというだけのことなのだ。誰も大した生きかたはしていない。失敗も成功も無いような気がする。話は、生きている間のことなのである。その間に、思い通りに事が運ぶか運ばないかだが、さてそれが成功というのか失敗というのか、いよいよ大詰に来ても、はっきりは解らない。結局は、失敗成功という評点は、非常に世俗的なものだということになる。……（『人生十二の智慧』）

これは随筆であって、評論ではないというものがあるかも知れない。そしてその根拠は、対象が人生で、文学ではないということなのだろうが、少くともこれが人生を評し得た文章であることは認めなくてはならなくて、文学の問題を扱っていないから評論ではないと決めるのも、実際に扱っていないかどうかは別問題として、評論というものに対して日本人が持っている考え方の固苦しさを示す以外の何ものでもない。そういう固苦しい立場を取るから、文章にも余裕がなくなり、文章に余裕がないというのは、そこで用いられている言葉の一つ一つが不当に締め付けられて、方向を誤ることなのであり、それで我々は評論でお馴染みの、あの訳が解らない文章を読まされることになる。

何れにしても、福原氏の文章で一つ明かなことは、氏が対象の人生に就て、或は失敗、成功の問題に就てよく考えて書いていることであって、自分が考えることが解り易い文章になるまで考えるということが、よく考えるということなのである。我々はものを考えるにも、書くにも、言葉でする他はない。この二つはそれ故に、結局は一つなので、そこに評論の文章の秘密がある。評論に限ったことではないが、ここでは仮にそういうことにして置く。フランスにも、よく考えたことは簡潔に表現される、という意味の格言がある。そしてそういう簡潔な文章は、必ず何か人を惹き付けるものを持っているものなのである。

又こういうことも言える。随筆はただ筆に従ってものを書いて行くことだとしても、それだけで一篇の文章が作れるものではない。筆に従って書きながら、それに連れて読者も引っ張って行き、その為に絶えず観察、つまり、批評眼を働かせているのが随筆なのであり、それならば、優れた随筆と評論と、どこが違うのだろうか。片方は砕けていて、片方は固苦しいという通念が日本で行われているのが、随筆を内容がない、蚯蚓のたわ言のようなものにし、評論を、綜合雑誌の巻頭論文にその典型が見られるものにしているのである。モンテエニュはエッセイストであるか、批評家であるか。兼好法師の随筆を評論と見ることは出来ないのか。名文の随筆と評論になれば、片方は人生全体を扱い、片方はその特定の一部を取り上げるという位の違いしかなくなる。随筆の方が書き易いのでもなければ、評論では思想が主であるから、文章に苦労しないでいい訳でもないのである。

繰り返して言うが、このことは大事である。表現する苦労が足りない思想とは一体何なのか。他人にはっきりした輪郭が示せない思想が、自分にだけはっきりしているということがある筈はない。思想は言葉で言い表されて始めてはっきりするのである。言うに言われぬ、などというのは逃げ口上に過ぎない。言うに言われないものは、常に人間の思想の埒外にあって思想の対象にならないものか、でなければ、まだそれに関する思索が足りないのである。表現に苦労しない思想というものはある。それは思索するのに苦労することが同時に、表現に苦労することでもあり、思索の結果として得た思想がその完全な姿を取った時、表現も完成されているという場合であって、そこまで行けば、蓮の花を一つ摘んで示すことで自分が考えていることをそのまま伝達することも出来る。そうでない限り、我々は苦労して表現を磨くことで、次第に自分の思想を自分にも明かにして行く他ない。

それ故に、解り難い表現が複雑な思想を示すのではなくて、その表現を磨いて簡潔に、読み易くした上でなければ、その思想が複雑であるかどうかはまだ解らない。そこに思想と呼べるものがあるかどうかも、実際には解らないのである。以上の意味で、批評家であるならば、どんな複雑な事柄でも簡潔に、平明に書くことが出来るし、又そうしなければならない例として、次に河上徹太郎氏の評論からの一節を掲げる。

一体現実ということは、例えば花が赤いということは一つの現実である。然るに近代になって何故にリアリズムの詮議がかくもやかましく行われるのか？　赤い花に対して、花が赤いといったのでは足りないのか？　そうだ。それでは足りないのである。赤い花の表象と、花が赤いという表現の間に過不及が出来たのである。何故足りないかといえば、赤い花は此の表現では限定し切れない他の多くの属性を以て存在しているからである。何故多過ぎるかといえば、かかる他の属性で代表された此の赤い花は、そのために却って此の赤い花という直截肝要な属性を忘れられてしまっているからである。此の種の意識上の錯乱が近代性の一特徴である。そして之が、赤い花を見たら赤い花と表現しろというリアリズムの鉄則が幾度でも形を変えて芸術方法論の上で繰返される所以だ。（『芸術に於ける伝統について』）

もう一つ例を挙げる。これは小林秀雄氏の『当麻』からの一節である。

中将姫のあでやかな姿が、舞台を縦横に動き出す。それは、歴史の泥中から咲き出でた花の様に見えた。人間の生死に関する思想が、これほど単純な純粋な形を取り得るとは。僕は、こういう形が、社会の進歩を黙殺し得た所以を突然合点した様に思った。要するに、皆あの美しい人形の周りをうろつくことが出来ただけなのだ。あの慎重に工夫された仮面の内側に這入り込む事は出来なかったのだ。世阿弥の仮面は秘められている、確かに。

現代人は、どういう了簡でいるから、近頃能楽の鑑賞という様なものが流行るのか、それはどうやら解こうとしても労して益のない難問題らしく思われた。ただ、罰が当っているのは確からしい、お互に相手の顔をジロジロ観察し合った罰が。誰も気が付きたがらぬだけだ。室町時代という、現世の無常と信仰の永遠とを聊かも疑わなかったあの健全な時代を、史家は乱世と呼んで安心している。

それは少しも遠い時代ではない。何故なら僕は殆どそれを信じているから。そして又、僕は、無用な諸観念の跳梁しないそういう時代に、世阿弥が美というものをどういう風に考えたかを思い、其処に何の疑わしいものがない事を確かめた。「物数を極めて、工夫を尽して後、花の失せぬところを知るべし」美しい「花」がある、「花」の美しさという様なものはない。彼の「花」の観念の曖昧さに就いて頭を悩ます現代の美学者の方が、化かされているに過ぎない。肉体の動きに則って観念の動きを修正するがい い、前者の動きは後者の動きより遥かに微妙で深淵だから、彼はそう言っているのだ。不安定な観念の動きを直ぐ模倣する顔の表情の様なやくざなものは、お面で隠して了うがよい。彼が、もし今日生きていたなら、そう言いたいかも知れぬ。

書いている人間自身によく解っていない理窟が並べてある評論の悪文の実例に至っては、ここで挙げるまでもなくて、今日の新聞、又今月の雑誌の殆どどこを見ても探し出せるのだから、省くことにする。或は評論を書こうとするものは、作家論や文学論にいきなり手を付ける代りに、随筆家になって簡明な文章で紀行文でも書く勉強から先ず始めた方がいいかも知れない。併し野心を持った若い批評家にそんな我慢が出来る筈はないので、やはり、面倒な問題と取り組んで面倒な文章を書いて行くうちに、経験を積んで、文章が砕けて来るのを待つ他ないのだろうと思う。何れにしても、評論が観念を扱うものであることは確かであり、観念も言葉で表現する以上は、木や石や、恋愛や戦争や血や牛乳と少しも違わないことを知って置くことが大切である。

（『文章講座第二巻　文章構成』河出書房　昭和二十九年八月刊）

オォウエルについて

ジョオジ・オォウエルが死んだ。日本では殆ど知られず、然も当然紹介さるべき英国の作家の一人が、それもこれから紹介されようとしている時に死んだのである。

と言って、これから多くの傑作が期待出来たのに、そしてそれによって我が翻訳文学界を賑すことが出来たのに、残念なことをしたという意味では必ずしもない。

オォウエルの仕事は、彼の最初にして又最後の大作「一九八四年」に尽きている。彼がこの作品の後で、何を書くことが出来たか想像することは容易でない。何故なら彼はこの、スウイフトを凌ぐ諷刺小説の傑作で現代社会と現代人というものを描き尽し、理解し尽してその対象に対して一言の批判を加えることなしに言わば全篇を一つの長い嗚咽にも似た現代の「エレミヤの哀歌」と化しているからである。自分とともに現代社会、又、現代の世界の墓碑銘を書いたと言える。

（「日本読書新聞」昭和二十五年二月一日）

イギリス女王物語

イギリスは女王の治世に繁栄すると言われていて、これはイギリスがエリザベス一世とヴィクトリアという二人の名君の下に最大の発展を遂げたから、そういう風に考えられるようになったのだと思う。しかしイギリスには他に女王がいて、その時代に必ずしも栄えたわけではなかった。

ボオディセアなどという、ロオマ帝国時代の半ば伝説的な存在は別とすれば、女王の始りはマティルダという、イギリスを征服してイギリス国王ウィリアム一世となったノルマンディイ公ウィリアムの孫に当る人で、これが女王だった時代は、イギリスにとって決して幸福なものではなかった。別に国王が出来たりして国は内乱で引き裂かれ、国民はひどく迷惑したらしい。その揚句に、どういうことになってけりが付いたかはっきりは覚えていないが、何んでもこのマティルダ女王が二度目にアンジュウ伯ジェフレイと結婚して生んだ王子がヘンリイ二世として即位し、これで騒ぎが終ったのではないかと思う。

その次の女王はヘンリイ八世の娘メリイ一世で、このヘンリイ八世はあの、一生に五度か六度結婚した青鬚のイギリス版である。尤も、これは確かに一種の名君だった。しかし妃を変えた割合には子供が少くて、一番上がこのメリイ一世、その次がエリザベス一世、そして末子のエドワアド六世だけが男で、それが先ず王位に即いた。その後で、姉のメリイ一世が女王になる。

しかし厳密に言えば、エドワアド六世とメリイ一世の間にもう一人、ジェイン・グレイという女王がいて、これは三日ばかり女王だった後に、メリイ一世に位を追われて、首を刎ねられてしまった。つまり、エドワアド六世の時にイギリスは新教を国教とする体制をやっと整えたのだが、そんな時に、カトリックのメリイ一世に王位を継承されては大変だというので、王室と血縁関係がないでもない新教徒のジェイン・グレイという貴婦人が女王にされ、三日で没落した。ギルドフォオド・ダッドレイ卿という貴族と結婚して間もない若い婦人で、夫とともにロンドン塔に幽閉されて処刑された。

今でも、その部屋が残っている。だから考えて見れば随分ロマンチックな生涯で、彼のスコットランド女王メリイ・ステュアアトと同じ位、小説や芝居の材料になりそうなものだが、別にそういうものが書かれた験しはないようである。余り短命過ぎたためかも知れない。この時代は貴族も庶民も、戦争でなければ刃傷沙汰、でなければロンドン塔に送り込まれて処刑、或は、そんなことがなくても疫病で、文字通りに、いつ死ぬか解らずに、その日その日を送っていたとテエヌが書いているのは、本当なのである。

ジェイン・グレイを追って女王になったメリイ一世はカトリックの本場であるスペインのフィリップ二世と結婚して、再びカトリックを英国の国教にした。いつだったか、滝川政次郎氏が日本の女帝は結婚することが出来ないという事実を取り上げて、興味ある道鏡論を「新潮」で書いていたことがあったが、その点、イギリスの君主制は非常に合理的に出来ているようである。女王は結婚するのが当り前で、ただ例えばメリイ一世がスペイン国王と結婚しても、そのスペイン国王がイギリス国王を兼ねるわけではない。その場合、フィリップ二世はイギリス女王メリイ一世の夫でしかないのである。

イギリス女王が他所の国の国王と結婚した例は他に余りないが、誰かとは大概結婚しているので、その間に出来た子が王位を継ぐ。メリイ一世とフィリップ二世の間に子供があったら、その子がどっちの国の王位を継ぐことになるかは、条約が決める他なかったことと思う。しかしこの二人の間に子供はなかった。もちろん、この制度によると、女王が現れる毎に王室の血統が変ることになるが、事実、だからイギリスの王室の血統は何度か変っているのであるが、母方の血統だけでも王になる資格はあるということであるらしい。フランスが君主制だった時代にはこれを禁止して、その上にフランス国王の妃は他所の王室の出身でなければならないことになっていた。それで窮屈なので、モンテスパン侯爵夫人だの、ポムパドゥウル侯爵婦人が登場した。

メリイ一世の治世も余り芳しいものではなくて、新教徒は迫害され、国威も揚らず、フランスに残っている最後のイギリスの領土だったカレイの港がフランスに奪い返された。これはメリイ一世にとっても大変な打撃だったようで、そのために間もなく死んだということである。因みに、百年戦争以来、イギリスの王室はフランス国王でもあるという主張を捨てず、いつ頃だか忘れたが、割合に最近までイギリス、スコットランド、アイルランド及びフランス国王（或は女王）と称し、その紋章にはイギリスの表象である獅子、スコットランドの薊、アイルランドの竪琴の他に、フランスの百合を併用していた。

以上、マティルダも、ジェイン・グレイも、メリイ一世も、女王の時代が来て万才というような女王ではなかったことは、これで解ったことにして戴きたいが、メリイ一世の次に王位に登ったその妹のエリザベス一世が、女王というものを栄光とか、勝利とか、世界一とかいう観念で、イギリス人の胸のうちに固く結び付けることになったのである。しかしこれを色々と書き立てるのは面倒だから、歴史家に譲るとして、この実際そうざらに出現するものではない名君の側面を窺わせてくれる話を二、三、紹介するだけで止めて置く。

エリザベス一世は、少くとも若い頃は、廷臣たちのお世辞だけではなしに美人だったらしい。その上にイギリス女王でもあったから、それが誰と結婚するかはヨオロッパの大国の間で関心の的となり、姉のメリイ一世の夫だったフィリップ二世を始めとして、フランスのアロンソン公だとか、どこの何公だとかが代るがわる結婚を申し込み、エリザベスはそういう求婚者の群を鮮かな手並で操る一方、イギリスの国力の充実を図り、フィリップもアロンソン公も、手玉に取られたことを覚った頃は、イギリスはフランスやスペインのような大国にしても、一指も触れることが出来ない所までのし上っていた。全く、体を張っての外交だった。

エリザベスは一生結婚しなかった。恐らく色恋に浮き身を窶す年頃には、カトリックに凝り固った姉の、血腥い、メリイ女王の監視下にあり、ジェイン・グレイの悲劇に怯えて、係身の苦労で手一杯の状態に置かれ、次には、求婚して来る諸国の王侯を翻弄することがイギリスを運営して行く上での最高の課題であって、それも一段落付いた頃には、女王の唯一の恋人はその言葉通り、イギリスそのものでしかなかったに違いない。逞しい牝鶏のようによく光る眼を四方に配って、イギリスという雛の群を庇っていた、という表現を或る歴史家は使っている。

しかし晩年に至るまで、随分茶目な所があって廻りのものを面喰わせたらしい。或る時、フランス大使が女王に謁見することになって出掛けて行くと、エリザベスは大使を居間にまたせて、他に誰もいない。そしてよく見れば、女王が着ている服は最新流行のその又先端というのか、胸の所で割れて腹まで達し、臍が露出していて、大使は眼のやり場に困ったということである。又、一時その寵臣だったエセックス伯とテエムス河を船で下って行き、スペイン大使も陪乗を仰せ付けられて、大に当てられたという話もある。

もっと痛快な逸話も残っている。新任のポオランド大使が国書を捧呈する式で、この大使は先例を破って長々とラテン語で演説を始めた。貿易か何かの問題で、イギリスはポオランドの国家としての体面を傷けた、というのである。その時、女王の大音声が場内に響き渡った。「今更子供にお説教されるとは思わなかった」というような意味の言葉で始る、（のだったと記憶しているのは間違いかも知れないが）同じくラテン語の即席演話で、何時間もまくし立ててポオランド大使を完全に料理してしまったのである。「イテ（行け）」と女王は最後に言って、大使は、「全くイテえや」と答えて退出した（ということの真偽に就いては、筆者は責任を負いたくない）。

ナポレオンに似て、現在残っているエリザベスの演説や手紙は何れも一流の文学である。人を動かすのには精神でする他なしと、精神の働きを正確に示す言葉が人を一番働かすということの実例だろうか。今読んでも、女王の声が朗々と流れて来る感じがする。大体、このエリザベス時代というのは傑物が輩出した。騎士の精神が海賊行為を英雄的にし、冒険にたいする熱情が、世界一の文学を作り上げた。そして、そういう巨人や天才が何れもエリザベス女王を、君主として尊敬するというのよりも、ほとんど女神にたいする態度で崇拝した。

エリザベス一世のことが長くなって、ヴィクトリア女王のことを書く余裕がなくなった。しかしこれも、歴史の本に幾らでも書いてあることである。逸話も割愛する。しかしこんな風には考えられないものだろうか。イギリスはエリザベス一世の下に始めて世界の大国の仲間入りをし、ヴィクトリア女王の時代に英帝国の歴史はその絶頂に達したのである。そして今度のエリザベス二世の治下に新しいエリザベス時代が出現し、イギリスの国運が再び上昇線を辿ることになるという風に見るならば、イギリス人の戴冠式に際しての熱狂も理解出来る気がするのである。

（「東洋経済新報別冊」昭和二十八年六月）

矢田挿雲「太閤記」

「太閤記」には、「真本太閤記」というのだったか、こういう種類のものの元祖以来、色々あるが、その現代版の圧巻は矢田挿雲氏の「太閤記」に止めを刺す。その題から察して大衆文学、――つまり低級で興味本位の長編講談と思ったりしたら申訳けが立たないような傑作で、そんなものどころか、恐らく、「古事記」の昔から今日に至るまで書かれた日本の歴史文学中の白眉であると称して差し支えない。

すべて優れた歴史文学の作品がそうである通り、矢田氏は一切の焦点を織田・豊臣時代に登場する武将その他の、これが確かにその人だと思える人物そのものに合せている。そして「太閤記」を書くものの常道に従って信長、秀吉、家康、の銘々の幼年時代から書き起しているが、そういう幼年時代から既に各人物はその性格を主張し、独自の見方で生きていて、例えば信長は、まだ世に容れられなくて、自分をその「世」の方に容れさせるだけの実力を狂態を装いながら養っている若い天才であり、秀吉は野放図に純真で元気一杯な、またそのために却って恐ろしく抜け目なく立ち回るのに苦労しない少年で、家康は家康でこの三人の中では、一番愛嬌があるやんちゃ坊主に感じられて烏帽子、狩衣に威儀を正して今川義元の屋敷の縁側から立小便をしたり、百舌を鷹と同様に仕込むことが出来なかったといって、家来の同い年位の少年に拳骨を喰わせたりしている。実際、そういう出鱈目な所がなかったら、小さな時から今川の人質になって散々な目に会わされた後で、秀吉にも一目置かせて天下を取る所まで行く気力が残っていたはずがない。

しかしそれよりも大事なことは作品が扱っている何十人、どころか何百人という人物、また例えば秀吉が柴田勝家との合戦に、どこからどこだったか、本を焼いてしまったので思いだせないが、馬で一晩で駆け抜ける途中『大将はん、おめでとうごわりまん』と歓呼して送る旧領の住民に至るまで出て来る人間が何れも負けず劣らずそれぞれの世界で濶達に行動していることである。

そしてそれは心理描写その他の説明によってではなしに、常に行為を通してである。その典型的な一例を挙げると秀吉が天下の三分の二を取って、残りの三分の一で家康がその向うを張ってる、と先ずそういった形勢の時に、秀吉が自分の母親を人質に送って家康の上洛を促す、家康は秀吉が母親を人質に送ると聞いて、出掛けて行くことに決める。この所を注釈すると長くなるから省くが、兎に角、そういう訳で家康が京都に着いて見ると、殿下御不例とあって、追って沙汰があるまで宿所で待ってるようにいわれる。さてこそ騙し討ち、と家康の従者達が色めき立つが、その晩、秀吉が微行して来て、まあ、まあ、ほんとに、と家康に抱き付かんばかりになって、出された酒で酔い潰れるか何かして帰って行く。翌日も殿下は表向き風邪を引いていることになっていて、日が暮れると、早速、家康の所にやって来て、また前の晩と同じような場面が繰り返される。三日目の晩か何かに、秀吉はまた来て、明日は公式にお目に掛かるから、その時だけは私に対して頭を下げて貰い度い。これこの通り、と家康の前で手を合せて頼む。家康はそれを見て涙を流し自分に出来ることなら何でも、と約束する。翌日、家康が聚楽の第に伺候して秀吉の前に平伏すると、秀吉は、「三河守上京大儀」と大声で怒鳴って、横を向く、もちろん、並いる大名に対する効果百パーセントである。

すべてそういった調子である。

家康が負け戦を承知で武田勢を単列の横陣で迎え、秀吉が吉野の茶会で胃弱のインテリと問答しているうちに、戦国時代から関ヶ原までの過去の現実が、今日の感覚となってそれぞれ頭に甦って来る。

（『名作をいかに読むか』河出書房　昭和三十年九月刊）

プルウスト「失われし時を求めて」

プルウストのこの作品は十数冊に及ぶ長編であるが、マルタン・デュ・ガアルの「チボー家の人々」が完訳されて好評を博している今日、冊数が多いのに恐れをなす必要はない。それも、「チボー」やデュアメルの「パスキエ」は何代かに亘る人間の生活の記録であって長くなければ不思議なようなものである。しかしプルウストの「失われし時を求めて」はそういう人生的な意味を持たなくて、ある一つの主題、あるいは思想の展開を、一人の人間の生涯を材料にして試みたものである。そしてわれわれが魅せられるのはあるいはその思想そのものよりも、その思想に与えられた比類なく繊細な肉付けによるかも知れない。

プルウストがジョイスとともに新心理主義文学と称するものの代表のように言われた時代もあった。しかし心理分析も肉感の裏打ちがしてなければ、文学としての感銘はない訳で、その点、プルウストのは心理は心理でも、木の葉の影が庭全体に陰翳を与えるように彼が描く世界の隅々までを浮び上らせている。そして彼が描く心理が異常に思えるとすれば、それは人間の心理を彼位に克明に追って行けば、意外なことになるのは当然だからである。例えば嫉妬の描写などは、嫉妬という特定の感情の域を脱してもっと深く人間の苦悶の表情をそのまま捉えている感じがして、その意味で彼は恋愛が必ず含んでいる要素たる嫉妬を歌った最大の詩人とも言える。

この作品の筋はそれだけに、そういう心理の追究を主にして組み立てられている。話は主人公がまだ子供の頃から始まっていて、この作品に作者の実生活に即した部分が相当にあることは先ず確かである。主人公の感情生活の中心になっているのは初めはその母であり、次に祖母、それから親同士が付き合っているスワン家のジルベルトという娘、それから最後にアルベルティイヌというジルベルトの友達が登場する。しかし主人公の心理の世界に波紋を投げるのは女だけではなくて、例えば田舎の教会の塔が空を背景にして立っているのを眺めた時とか、そういうちょっとした光景が彼には何か捉え難い意味をもって迫ってくるのになやまされる。

一口に言えば、彼は単なる肉感というようなものを越えた、現実の実体とでも呼ぶ他ないものを摑みたいのである。彼の恋愛がすべて失敗に終るのもそのためで、一人の女を確実に所有出来たという事が、どういう事なのか彼には解らない。だから彼が最も強烈に相手を求めるのは嫉妬に駆られている時で、あるいは相手を失ったのではないかという不安がその女の存在を最も切実に感じさせる結果になり、それだけ自分の恋愛の輪郭がはっきりして来るのである。しかし時間の経過と共にどんなに強い印象も、愛情さえも、消え去って行く。彼を最も悩まして、従って最も彼の心を動かしたのはアルベルティイヌであるが、その死後、何年かたって、間違ってアルベルティイヌと署名した電報が彼の所に届いても、何の感じも起らないのに彼は何よりも驚く。

年取って、田舎からパリに着いてある貴族の家に行った彼は、暖房用のボイラアに石炭をなげ込む音がスチイムを伝わって来るのを聞いて、何か得体が知れない喜びを味う。パリに来る途中、汽車が駅で止って駅夫が車輪を叩きながら験して回り、同じ音から生じた連想で日光を浴びたその駅の印象がそっくり彼の記憶に甦ったのである。現実の最も純粋な形態がそこにあるとすれば、時間は現実を破壊すると同時に、その現実を失われることがないものにしているのも時間である。彼の現実の探究は、時間の発見で終ったのだった。この辺の心理的な経緯も鮮かに描かれている。

プルウストはベルグソンの遠縁に当って、その影響を受けたことになっている。それでベルグソンを読まなければプルウストの作品を理解することは出来ないというものもあるが、そういう、日光を見なければ式の知ったかぶりを信用することはない。

（『名作をいかに読むか』河出書房　昭和三十年九月刊）

ゲエテ「ファウスト」

ゲエテが一生をかけて書いた大作が「ファウスト」であることは説明するまでもないが、その割には案外読まれていないのが残念である。韻文の劇作品であることが当世向きでないということがあるかも知れないし、また一つにはベルリオォズその他による作曲が何れもこの作品の第一部に重点を置いていて、それで「ファウスト」といえば、その序曲のようなものに過ぎない第一部が先ず頭に浮び、そのために、ファウストの本当の面白さを知らずじまいになる場合が多いのではないだろうか。

第一部では、老齢の学者であるファウストが何の役にも立たない知識の追究にあきている所に悪魔のメフィストフェレスが現れてファウストを一瞬間でも本当に幸福にすることが出来れば、その魂を貰うという賭けが二人の間になされる。ファウストはメフィストの力で若返り、グレエトヘンという女の恋人を得るが、メフィストが提供する他の数々の快楽に耽っているうちにグレエトヘンは忘れられて、窮迫した揚句に死ぬ。そしてそこで第一部が終っているために、このファウストとグレエトヘンの恋愛が「ファウスト」第一部、従って多くのものにとっては「ファウスト」全体の主題のように考えられているが、重要なのはファウストとメフィストの間になされる賭けなのであって、グレエトヘンとの恋愛は賭けの成否を語る筋の上での一つの出来事に過ぎない。

要するに、ファウストは自分がしていることに満足するという事が出来なくて、それ故に彼はゲエテ自身であり、また人間そのものなのである。そして彼の行状が現在の瞬間に完全に満足するに足る何かを求めての遍歴であって見れば、もっと大きな意味で人類の歩みとか、人生の象徴といった広さのものがこの作品にはある。事実、ゲエテはこの作品とともに成長するに従って、彼の関心をひいた事柄や、彼の胸に湧いた感懐を何もかも「ファウスト」にぶち込むことになった。だからこの作品に統一を与えているものは彼自身の生涯であり、その生涯を満した非凡に多面的な活動がこの作品を多彩にし、豊かにしている。

第二部は、グレエトヘンを失ったファウストが花に蔽われた野原で眠っていて、夜が明けてこれから目を覚まそうとしている所から始まっている。ゲエテは悔恨という事を認めなかった。過ちを犯せば、その痛手からの快癒が次の行動のきっかけになるという考えである。地神や妖精が次々に出て来て、眠っているファウストを前にして歌うこの絢爛な場面は、実際に読んで見るほかない。最後に、凄じい音響が起って太陽が昇ろうとしていることを告げる。しかしファウストは太陽の方は見ずに、しぶきを上げて落ちて来る滝の水に日光が射して虹が掛るのを眺めて、太陽の美しさをたたえる。太陽を直視すれば眼が眩むばかりで、そこにも、人生詩人としてのゲエテの面目が窺われる。

ファウストはメフィストの魔力でなお色々な経験に人間としての満足を求めようとした後に、しまいに八十になって、神聖ローマ皇帝からある海岸の永代借地権を与えられ、無数のロボットを使って堤防を築き、海に向って陸地を拡げて行く。「憂い」が登場して、その息を吹き掛けられてファウストは盲になる。しかしそれでも彼はこの仕事が成就した時、人間がそこに来て幸福に暮す将来の事を思い始めて現在の瞬間に満足を覚えてメフィストとの賭けに負ける。天使の群と、メフィストが率いる悪魔達がファウストの魂を奪い合うことになって、悪魔達が負けるのは、天使の美しさに彼等が淫欲を催して戦意を失うからである。

天上での場面の後に付けられた八行の結びの句は、ゲエテが死ぬ数日前に書かれたと伝えられている。

（『名作をいかに読むか』河出書房　昭和三十年九月刊）

ロレンス「息子と恋人」

ロレンスの思想がぎりぎりの所まで語られているのが「チャタレー夫人の恋人」であるとすれば、彼が書いたものの中で、作品として最も整った形をしているのは「息子と恋人」であると言える。これは一種の出世作でもあって、「白孔雀」その他でそれまで自分が書く小説の形式を探していたロレンスが、この「息子と恋人」で一応それを突きとめることが出来て、それから「恋する女達」、「虹」などの方向に、最後に「チャタレー夫人の恋人」を書き上げるまで自分の思想を追って行ったという風にも考えられる。

ロレンスが書いた他の作品の例にもれず、「息子と恋人」も随分長い。何しろ、主人公のポールが生れたばかりのころから始まって、大きくなって相当に手が込んだ失恋を二度もした後に、ようやく画家としての勉強がものになりかける所までの話であり、その間にポールの母親の生い立ちや、父親との結婚のてん末や、ポールの兄の生い立ちと恋愛と死や、父親の病気や母親の死などの家庭的な事件がポールの二度の恋愛と並行して詳しく述べてあるので、長くなるのは当り前であるが、これを終りまで読み通せれば、ロレンスの愛好者を自任していいので、読み通せなければ、他の作品も退屈に感じるのに決っているから、読む必要はない。

ポールの父親は英国中部の炭坑夫で、母親がもう少しましな家庭から来ているのから家庭の不和が始まる。子供は皆、母親の味方に付いて、父親が酒飲みだから子供は大きくなってからも一人も、酒も煙草ものまないというのだから、大体、この家庭のしゃちこ張った空気が察せられる。もう一つ、この家庭の気分を何とも妙なものにしているのは、父親に対する反感から、子供達が皆父親よりも偉くなって、母親に楽な思いをさせてやろうと、そのことで平凡な立身出世の志がすっかりゆがめられていることである。そしてポールの恋愛関係も、そのためにゆがめられる。

ポールは恐らく、作者の自画像に違いない。母親に対する思慕と父親への反感と芸術に対する真剣な関心と、世俗的な野心がごった返している気持で思春期に達し、ポールに劣らず一本気なミリアムという女に苦労させられ、次に現われたクララという女のことでもひどい目にあって、そのうちに母親が死ぬと一時は生きて行く目標もなくなる。結局、この作品の中心人物はこのポールの母親だという見方をすることも出来るので、母親に刺激されてポールは自分に画家の才能があることを発見し、母親からは得られないものをミリアムやクララに求めようとし、それでも母親がいるために、恋愛の方は精神的に何の足しにもならずにいるうちに、母親が死んで、ミリアムや、クララとの交渉も意味を失う、と解釈しても、話の筋からそう離れたことにはならない。

注意すべきは、ロレンス自身がポール以上に真剣な、つかれたような態度でこの小説を書いていることである。個々の文章だけでなくて、話の筋にも繰り返しが多いのは、例えば女のつまらなさ、あるいは美しさ、あるいは男の醜さ、あるいはイヌの可愛らしさという風なことが、ロレンスにとっては何度これを経験しても、従って、小説で描写しても、尽きない魅力があったからではないかと思う。だから、しつこいのを通り越して、ロレンスが見たり、さわったりしていたもの自体に接する感じがする。自然の描写が素晴しいのも、そのためである。

要するに、ロレンスは作家よりも、詩人、思想家の部類に属する人間だったのだと言えると思う。しかし彼が十九世紀的な、文学の観念から脱し切れなくて、小説を書いたのは、幾つかの得難い人間像を彼がその結果として描くことになった意味で、文学にとっては幸なことだった。ロレンスのような作家こそ、批評家の好餌でありまた糧なのである。

（『名作をいかに読むか』河出書房　昭和三十年九月刊）

「千夜一夜物語」

スウィフトの「ガリヴァア旅行記」やセルヴァンテスの「ドン・キホオテ」と同様に「千夜一夜」も戦争が終るまでは、原形でよりも主に子供のために書き直された一種のお伽噺として知られている文学の傑作の一つだったが、戦後にバアトンやマルドリュスの完訳が伏字なしで紹介され始めてからは今度はエロ本だということで宣伝されるようになった。しかし「千夜一夜」はお伽噺でも、エロ本でもない。お伽噺が何か屈託なくて明るいもので、男女の性生活を材料にしたのがエロ本ならば、確かに「千夜一夜」はその両面を備えている。そしてただそれだけの話のようである。

「千夜一夜」は大人が読むための、――やはり一種のお伽噺だろうか。「小説」と呼ばれる種類の作品でこれだけ楽しみを与えてくれるものはないという感じがして、その前身だったことになっている「物語」は幼稚か、呆気ないかどっちかである。しかしお伽噺には子供の想像力の限界というものがあって、これに反して「千夜一夜」は大人の想像力が無限であることを示している。ここに出て来るのは妖怪や、魔法使や、山賊ばかりではない。王座を降りて、ただの人間に返って街をうろつき回っている本ものの王様や、ぼろ切れを頭に巻いた本ものの貧乏な漁師もいて、彼等が生きている世界がわれわれのと違っているのは、それが悉くリアリズムの味気ない法則で縛られてはいないということである。

全回教徒の君主であるハルウン・アル・ラシッドがある晩のこと、バグダッドのティグリス河畔の離宮に行って、花と果物に埋められたそこの庭の中を歩いていると、誰もいないものと思って離宮に忍び込んだ漁師のカリムが河岸で網を投げているのに出会う。カリムは慌てて、言い訳をし始めるが、ハルウンは、いいから自分のために一網投げてくれという。網は魚で一杯になって上って来る。そうするとハルウンは今度は、着物を換えっこしようと言いだす（なぜかは、佐藤正彰氏訳の割合いに初めの方に出て来る「アリ・ヌウルとよき女の友達」の話を読んで戴きたい。）

カリムは喜んで、何年も洗ったことがない自分のボロを、ハルウンが着ているイスカンドリア産の絹の上衣や、どことかの天鵞絨の胴衣や、その他贅を尽した衣服と換えるが、ハルウンがぼろに着換えると間もなく、何百、何千という蚤や虱が彼を刺し出す。今度はハルウンが慌てて、手に一杯摑めるほど群っているその蚤や虱を掬っては棄て始める。そうすると、それを見ていたカリムが「陛下、申しあげたいことがあるのでございますが、お怒りになってはいけません」と言う。それでハルウンが怒らないと約束すると、カリムは「陛下がお選びになった漁師の職業にはそのほうが如何にも相応しいと存じます」と言って、ハルウンの美しい服装をして引き揚げて行き、ハルウンは大笑いをする。

こういう話は単に砕けているとか、おおらかだとかいうだけではなくて、われわれ人生に一つの窓を開けてくれる。そして「千夜一夜」は何かの形でわれわれをそのように解放してくれる話の連続なのである。豪奢な饗宴もある。粋を凝らした建築も月光を浴びて山上に屹立する青銅の都市も、美人も、オカマも、何でも出て来る。彼は神の存在と草しかない荒野に出たいというような表現に至っては、アラビヤ民族の叡知がそこに籠っていると言うほかない。解放的な感じがする点では、「聊斎志異」がこれに似ているが、作者、あるいは作者達の想像力が奔放に働いていることに掛けては、大デュウマと私小説くらいの相違がある。こういう本を座右に積み重ねて半日を暮すというようなことに、読書家の楽しみは極まるのではないだろうか。

（『名作をいかに読むか』河出書房　昭和三十年九月刊）

ヴァージニヤ・ウルフ『燈台へ』（大沢実訳）

北スコットランドのヘブリディス島の夏場を舞台とし大学教授ラムジー一家、外に若干の友人が登場する、幼いジェームズの燈台訪問の約束が母の努力も空しく理性一遍の哲学者である父のため果されず、時は過ぎる、ラムジー夫人と長女は死に、大戦に参加した長男も夭折する、十年後かつて招ばれた客がふたたび島の別荘にあつまる、七十歳に達したラムジー氏は、成人した子供たちを連れ燈台行を決行する、ジェームズにはそれが何か苛酷な仕事に従う気持だが、しかし遠出は彼に幼い日の夢をよみがえらせる――本作の眼目は事件によって運ばれる筋それ自身でなく登場人物の魂の交響曲的表現にある

ヴァアジニア・ウルフは英国の近代文学で特異な地位を占めている。第一次世界大戦の後に一群の新しい作家が進出し、彼等の作品に見られるある一つの傾向に就て『意識の流れ』というようなことが指摘されたが、これを実行に移して成功を収めたのは、ヴァアジ

ニア・ウルフとジェイムス・ジョイスだけではないだろうか。『意識の流れ』に就ては色々なことが言えるが、それが一つの作品で取る具体的な形態を見るならば、その作品に登場する人物各自の意識が個々に描かれ、これが相互に溶け合って、一つの意識、と言うのは、我々が持っている時間の意識に合流する、という効果をねらっているようである。

これに成功したのは、英国ではジョイスとウルフだけだと言いたかったのである。それには言うまでもなく、新古の区別があり得ない小説家本来の才能や技術、想像力、観察力、構成、言語による表現の能力等を必要とする。ブランデン氏が『燈台へ』に就て『ウルフの有する想像力と洞察力のみごとな例証』とか『人生の感銘を一つの美しい音楽的経験としてまとめ上げている』現代にもまれな作品とかというようなことを言っているのも、その辺のことを念頭に置いているのだと思う。又この小説家としての紛れもない才能と修練が、フォオスタアをしてウルフを『嵐が丘』の作者、エミリイ・ブロンテに比較せしめたに違いない。

ウルフの作品は『意識の流れ』派の一頂点を示すものであるだけに、気楽に読み飛ばせるといった性質のものではない。心に余裕を持って味読すべき類に属するものである。併しヴァレリイはプルウストについて、彼が『難解な』作家であることを賞さんし、プルウストのように、読者の注意力に呼び掛けて理解を迫る底の作家が少くなったことを嘆いている。これはウルフについてもいえることであり、プルウストやウルフのような作家が少くなったことは、事実嘆くべきことなのである。何故なら、そういう作家はわれわれの注意力の全部を集中することを要する代りに、必ずわれわれにそれだけのものを与えて呉れるからである。(B6二〇〇ページ・一三〇円・雄鶏社)

(「日本読書新聞」昭和二十四年八月十七日)

レオポルド・シュワルツシルト『人間マルクス——その生涯と伝説』

レオポルド・シュワルツシルトの「赤いプロシア人」と題するマルクス伝は、三年程前に書評その他で知って興味を唆られたが、今度改めて読む機会を得たので、紹介したい。

権威あるマルクス伝というものがなく大体、世に知られたマルクス伝というものが少ないのはマルクスの仕事が現代の世界に及ぼした影響の重大さによって共産主義・ファッシズム・国家社会主義などの形で彼が偶像視され、あるいは悪魔視される結果となり、現代史の発展の渦中で、彼の人物とか生涯とかは、いわば二の次の問題と考えられ、そのうちに、完全に没却されるに至ったために他ならないのではないだろうか。今日、彼を始祖とする共産主義政体が実現されている典型的な国家は、ソ聯であるということになっているが、そのソ聯では、スタアリンの名前は知れ渡っていても、マルクスの名前を知っているものさえ、ほとんどないのでないかという気がする。

一人の人間の記憶が、その名前までも彼が残した業績のうちに吸収されることで、消滅するということは、その人間にとって最高の名誉であるといえるが、丁度、マルクスにとって、人間がある商品の製作に費した時間数がその商品の価値を決定したように、我々一般人にとっては、ある人間の仕事のうちにその人間の生きた姿ともいうべきものが認められない限りは、納得することができないという不自由を如何ともし難いのである。マルクスの著述は、「資本論」にしても、「ドイッチェ・イデオロギイ」にしても、彼の人物や生涯に関する予備知識がなくては、そういう綜合的な影像を得ることが困難であり、非情で然も、何か得体が知れない情熱に満ちている。その上に、尚面白いことは、マルクスの人物を知る時、彼が前述したような名誉を望んだりするのとは、凡そ違った型の性格の持主だったことが解る。

シュワルツシルトは、彼のマルクス伝の序文で、この伝記を書くのに用いられた主な文献の一つである、モスクワのマルクス・エンゲルス研究所編纂のマルクス・エンゲルス全集に、マルクス・エンゲルス往復書簡の全文が収められていてこの厖大な書簡集が、第二次世界大戦を控えた、歴史的な波瀾に富んだ数年間に始めて公開された時、それが一般に何等の反響もよぶことなく、各国の図書館の書架に葬りさられた事実を指摘している。そして同じく彼がいっている通り、この貴重な材料を充分に活用していることが彼のマルクス伝に、従来のマルクス伝に見られなかった清新さ、それは要するに、人間としてのマルクスの姿が浮き彫りされているための清新さを附与している。因みに、シュワルツシルトの著書の原題は、Leopold Schwarzschild："The Red Prussian, — the Life and Legend of Karl Marx", (New York, Charles Scribner's Sons, 1947) であって、注目すべきは、本書は著者がドイツ語で書いていくに従って、その秘書の Margaret Wing がこれを英訳し、その英訳を上梓したものであるために、これが原書であって、この前にドイツ語の原書がある訳ではないことである。

以下、本書の中で最も興味があると思われる部分に基いて、私なりにマルクスの生涯を解釈してみることにする。

マルクスはユダヤ系のドイツ人、というよりも、ほとんど純粋なユダヤ人だった。それも、我々がユダヤ人というものについて直ちに想像する、商人とか、高利貸とかの出ではなく、彼の先祖は百五十年来、トリエルのユダヤ人の講法博士——所謂 rabbi というのは、ユダヤ教の法典に精通し、その知識に基いてユダヤ人の精神的な指導者たる職責を有するもの、——の地位を世襲し、さらに遡れば、この家系は十六世紀の末にポオランドのクラコウの講法博士として知られたヨセフ・ベン・ゲルソン・コオヘン、また同じころイタリイのパドヴァの講法博士で、パドヴァ大学に集った碩学者たちの中に重きをなしたメア・カッツェネレンボルゲン等を数える、この方面の名家だった。

マルクスの父、ハインリッヒ・マルクス自身は、全く政治上の理由から新教に回宗し、敏腕な弁護士としてトリエルのドイツ人の間に確固たる地位を築いていたが、マルクスはこの実際家の父よりも、その祖父や曾祖父に似た、講法博士の家柄に相応しい頭脳の持主であることが、彼の少年時代からすでに明かだった。

講法博士というものの概念が我々には縁遠いものならば、中世紀のキリスト教の煩瑣哲学派を思い浮べることで、用は足りる。それは一口にいえば、極度に抽象的な思索を嗜好する頭脳をいみしている。父なる神と、キリストと、聖霊は、相互にいかなる関係にたつか。この三つは同一のものであるとしていかにして、同一であるとともに、それぞれのものでありうるか。また、例をユダヤ教にとるならば、聖書に、子山羊の肉をその母親の乳で煮てはならないとあるが、この訓戒を厳密に検討する時、これは単にそれだけのことに止るのだろうか。むしろその意味を追求していけば、肉ならばいかなる種類のものであっても、いかなる種類の乳で煮ることも許されない、ということにはならないだろうか。そしてまた煮るということは食うことの前提に過ぎないのであるから、肉と乳を同時に口に上せてはならないということになるのではないだろうか。

現実への関心を離脱した、理論のための理論への情熱。マルクスの父は、頭脳明晰な自分の子の思索癖に、この傾向が著しいのを認めて、そこにマルクス家の血統を感じた。そしてここで一言つけ加えるならば、この、講法博士や煩瑣哲学派によって代表される精神的な傾向の、もう一つの特徴は、宗教に携るものの常として、自分の推理の結果を権威を以て主張することである。

そういう頭を持ったマルクスが、ベルリン大学でヘエゲル学派の少壮学徒達と交り、彼らに大にその将来を期待されたのは不思議ではない。彼らの間で最も問題になったのは、ヘエゲルの哲学と神や宗教との関係だった。神とか宗教とかいうことが、ヘエゲルの哲学で不当に大きな役割を演じていて、この哲学から神を駆逐するのが哲学の急務であるというのが、彼らの一致した意見だった。そしてマルクスは、ヘエゲルがそれ所ではなくて、無神論者だったということを、煩瑣な引用によって立証することで、彼の仲間を驚倒させた。しかし彼らがマルクスに慫慂した、ヘエゲルの無神論に関する論文は、ついに書かれなかった。

そのように、マルクスの関心は、最初は社会主義とか、経済学の問題よりも（シュワルツシルトはマルクスが一生、社会主義と共産主義を同義語に用いていたことを指摘している）無神論に向けられていた。それが社会主義に変り、彼自身が社会主義者になったことについてはシュワルツシルトは、マルクスのヘスとの邂逅とか、ケルンでの筆禍事件の影響とか、各種の理由をあげているが、要するに、マルクスがパリでルウゲ博士の下に再び新聞の編輯を始めた時は、彼はすでに社会主義と経済学を、その生涯の仕事にする決心をしていた。

面白いことは、この Deutsch-französische Jahrbücher の編輯を手伝うようになってから後に、彼がこの新聞その他に掲げだした論文の調子が、敵に対する闘志や、それが彼に用いさせる、野卑とさえ思われる激烈な口調の点で、かつてケルンのRheinische Gazetteで彼が社会主義や共産主義を、まだそういう思想が彼の関心をひくに至っていなかったためもあって、十把一からげに攻撃していた時代と、少しも変っていないことである。(Rheinische Gazetteが発行停止になったのは、マルクスが書いた論文の無神論的な傾向のためだった。)

彼の筆鋒は、当時の反社会主義陣営よりも、むしろ仲間の社会主義者たちに向けられていた。といっても、マルクスにとって、一旦彼と意見を異にしたものは、仲間でも、世話になった先輩でも、最早容赦する必要がない敵だった。この、一徹といえば一徹さ、裏切りといえば裏切り、要するに、彼の論敵や政敵との執拗な闘争が、マルクスの波瀾多かった生涯の最も著しい特色をなしている。

当時の社会主義者たちの考えでは、社会主義的な社会の実現は、一つの道義的な要求として提唱さるべき性質のものだった。マルクスはこれに対して、資本主義的な社会の崩壊を、歴史的な必然によって齎されるものとした。彼は同時に、資本主義的な社会の崩壊に次いで来るべき革命が、暴力を行使することによってのみ成就されるものとした。また、当時の社会主義者たちは、主として労資の協調による新しい社会の実現を考えていたが、これに対してマルクスは、両者の利害が絶対に一致しないものであることを主張し、プロレタリアの観念を確立した。またマルクスは、このプロレタリアを指導する原理を科学、あるいは、彼が科学の厳密さにまで高めたと信じる哲学に求めた。

これで彼の「資本論」のお膳立てが、すっかりできたようなものである。しかし「資本論」が書かれるまでには、まだ長い年月がたたなければならなかった。彼がパリにきたのは一八四三年で、彼の「政治経済学批判」が出版されたのが一八五九年、これが一部をなす「資本論」第一巻の初版が出たのが、一八六七年だった。それまでの二十何年か、またその後の、彼が一八八三年に死ぬまでの十何年かにしてもが、主に前にいった、論敵や政敵との闘争と、今日ならば実践運動と呼ばれるものに過されている。ことに彼の場合は、この彼の敵たちとの闘争、というよりも、彼が敵に廻した人々に対する攻撃が目立っていて、「資本論」その他の著述さえもが、そういう闘争の産物、あるいは寧ろ、副産物だったという感じがする。

彼が資本主義的な社会の崩壊に関する以上の四つの原則を掲げて、社会主義者として登場した時、彼はそれまでの社会主義者たちの著作を除いては、まだ経済学について、全く何等の専門的な知識もも ち合せていなかった。ヘエゲルの哲学から、彼はいきなり経済学にとんだのだった。彼は経済学の勉強を始めた。目的は、資本主義的な社会の崩壊が不可避であること、しかも、彼が主張したように資本主義的な社会が現に（一八四四年）崩壊に瀕していることの論拠を求めるためだった。

彼の経済学の研究に拍車をかけたのはエンゲルスとの邂逅である。マルクスとエンゲルスとの交友関係は、その精神的な親近の点でもあまり類例をみないもので、それ自体が興味ある研究の対象となる筈のものであるが、要するに、パリでエンゲルスがマルクスにあった時（これが最初だったのではない。しかしエンゲルスがケルンでマルクスを訪れた時は、彼はほとんど門前払いを食うような冷遇をうけた）、彼はマルクスの思想に完全に共鳴して、早く資本主義制度の崩壊に関する著述を書き上げるようにマルクスに勧告し、その後も彼をせきたてつづけた（エンゲルス、マルクスへの手紙、一八四四年十月、一八四五年一月）。マルクスはエンゲルスと語っているうちに、図に乗って論文の材料はすでに揃っていると語ったのである。彼はエンゲルスを満足させるためにも、経済学の研究を進めなければならなかった。

当時の著名な社会主義者たち、プルウドン、ヴァイトリンク、バクウニン等と立場を全く異にする点でも、二人は一致していた。マルクスにとっては、論敵はあくまでも倒さなければならない対象であり、それには、手近な所から始めるべきだった。結局、マルクスの最初の著述は、エンゲルスと共著の形で、マルクスのベルリン時代の親友だった無神論者のバウアを、ほとんど人身攻撃に近い方法で徹底的に論難した「聖家族――バウアとその共謀者達」だった。当時、バウアは零落の身で、死に瀕していた。それほどの敵意は、エンゲルスにも意外だったようである（エンゲルス、マルクスへの手紙、一八四五年三月十七日）。しかしマルクスは頓着しなかった。彼はその前の年に、やはり彼のベルリン時代の先輩で、彼が失業しているのを救うために彼をパリに呼びよせたルウゲ博士を、パリでドイツ人が発行していた小新聞 Vorwärts の紙上で、同じような方法を用いて八回に亘って攻撃したばかりだった。

しかしそういう仕事をする一方、資本主義経済が崩壊に直面している証明は、何としてでもなされなければならなかった。エンゲルスの世話で、ダルムシュタットの出版業者レスケが現われ、「政治学及び経済学の批判」という題が決った著述の前渡金として、彼は千五百フランを受け取った。しかしまだ証明が出来ないで苦悶している最中に、彼はある考えに想到した。それは、ヘエゲル哲学の根本原理で、ヘエゲルが絶対精神、世界精神などと呼んでいたものの正体は、経済自体ではないか、という考えだった。これは一箇の創見であって、これにも証明が必要だった。証明が必要だというのは、一つには、マルクスが経済学、あるいはその本質をなす彼の哲学が、所謂科学と同様に厳密な性質を有するものであることを、彼自身主張したからであり、彼の一生を通して、彼の発見に対するそのような科学的な証明は遂に得られなかった。しかしとにかくマルクスはこの時一種の天啓を与えられたのであり、これによって、人間の歴史を唯物論的に解釈する端緒が開かれ、彼の「資本論」の基礎はますます固められたわけだった。

その翌年の一八四五年一月に、彼はフランスから退去することを命じられた。

これはVorwärtsの反プロシア的な傾向が、プロシア政府の忌憚にふれ、プロシア政府がフランス政府にこの新聞の発行停止を要求したのに対して、フランス政府が取った妥協策だった。Vorwärtsに寄稿した外国人には、すべて退去命令が発せられ、当時パリにいたハイネも、バクウニンも、ルウゲ博士も、この命令に接した。しかしフランス政府にはこれを実行に移す意志はなく、マルクスの他は皆適当な処置を講じてパリに留った。マルクスだけが、ブルジョア政府の情に縋るのを潔ぎよしとしないという理由で、ベルギイのブラッセルに移った。

エンゲルスが早速ブラッセルに来て、マルクスと同じアパアトに住むようになった。彼も、裕福な織物業者たる彼の父から、一種の追放命令を受けた所だった。彼は、ヘエゲルの絶対精神に代えるのに経済学を以てする、マルクスの新説に勿論狂喜した。以後それは彼らの共同の思想となり、それについて論議を重ねているうちに、一つの厖大な体系が作り上げられ、理論の精密さが科学的な証明の代用となって、ついに二人によってこの体系は、「不可避的な結果に向って必然的に作用する自然の法則」（「資本論」序文）とまで考えられるに至った。

しかし資本主義的な社会の崩壊に関するマルクスの著述は、まだでき上っていなかった（唯物論的な哲学体系の方は、マルクスが死ぬまで、遂に纏った形で発表されるに至らなかった）。しかもマルクスは当時の社会主義者たちの間では、まだ極めて小さな存在に過ぎなかった。パリには、ヴァイトリンクが結成したドイツ人の、小さな社会主義の団体である「正義人同盟」があって、その支部がロンドンにも設置されていた。マルクスとエンゲルスがロンドンにいってみると、そこの労働者の間で、当時スイスからロンドンに移ってきたヴァイトリンクの方が、二人よりも比べものにならないほど人気があることが解った。このような状勢に対処するためにも、マルクスは早く彼の著述を書き上げるべきだった。しかしそれでもマルクスの仕事は、一向に進まなかった。それで彼は、いわば消極的な面から自分の立場を明らかにするために、エンゲルスと共同で、当時の社会主義陣営に重きをなしていたドイツの思想家たちを片端から論駁した本を、まず書くことにした。その結果でき上ったのが「ドイッチェ・イデオロギイ」だったが、その出版を引きうけようという出版者がなく、これはマルクスの存命中、ついに未発行に終った。

マルクスは実践運動にも乗りだして、世界で最初の共産党を結成した。彼がこの党を共産党と命名したのは、フランスですでにルイ・ブランが、社会党と称するものを結成していたからで、その他に別に意味はなかった。党員は十七名にすぎなかったが、中にはヘスもいて、後にヴァイトリンクがロンドンから来て党に加った。

マルクスが党を通して各国に配附する各種の、各国語に翻訳された出版物は、ドイツ人の読者に最も多く読まれていた。それで彼は、ドイツ人の間で自分の地位を確立することが急務であると考えて、極めて彼らしい方法でその実現に着手した。彼は党員の一人であるクリイゲを槍玉にあげることから始めた。クリイゲはすでにアメリカに渡っていて、ニュウ・ヨオクでそこのドイツ人を相手に新聞を発行していた。マルクスはその新聞を読んで、クリイゲを「アメリカ及びヨオロッパにおける共産党にとって有害な存在」（マルクス・エンゲルス全集、第一部、第六巻、三頁以下）とみなし、党の会合で、クリイゲの除名を要求した。

彼が会合に持参した長文の趣意書によれば、第一に、クリイゲはニュウ・ヨオクで新聞を発行するために、金持のドイツ人たちから寄附を求めたが、これは共産主義の精神に反するというのだった。マルクスも「ドイッチェ・イデオロギイ」を出版するために、同じような方法をとろうとして、失敗したことがあったが、その事件には彼はふれなかった。次に、クリイゲは彼の新聞で、アメリカの農耕地を小さく区分して、これを農業で生計をたてようとするものに無料で与えることを提唱した。これも共産主義の精神に反することであって、マルクスは、まず農民に土地を与えることを約束して、彼らを共産主義の味方につけ、次に彼らから土地を取りあげろという政策を、この時始めて明らかにした。

しかしクリイゲが犯した、もっと重大な過誤は、マルクスによれば、クリイゲが「嫌らしい感傷主義」、「神がかりの世迷言」、また「形而上学的な誇張」に堕していることで、その証拠としてマルクスはクリイゲの新聞に、「愛」、「人道主義」「道義心」などの言葉が、三十五回も用いられていることを指摘した。

これは許されないことで、そこに進歩と反動の区別が生じた。社会主義、あるいは共産主義の実現は不可避のものなのであって、これを否定の余地がないものとしてプロレタリアに実証するのが、運動に対する科学的な態度であり、これに対して感傷家は、社会主義を情操教育や人類救済の問題に転換して、美辞麗句を用いてプロレタリアを惑わすものだった（マルクス、ヘルヴェッグへの手紙、一八四七年八月八日）。一方には「批判的な共産主義」があり、これに対して「感情的な共産主義」があって、クリイゲのような感情的な共産主義者は、党籍から除かれなければならなかった。

この時の会合に出席した党員は、マルクスの他に七名だった。彼らには、マルクスが同じようなことを、彼自身を除いて当時の社会主義者たちの殆んど誰でもについて、たえずいっている時、なぜクリイゲという無名の党員に対して、ことさらにそういう処置がとられなければならないのか解らなかった。しかし彼らのうちの六名は、マルクスと議論できる柄の人間ではなかった。七番目は、ヴァイトリンクだった。

ヴァイトリンクは反対した。彼はブラッセルに移ってきた時から、マルクスが彼を運動の先覚者として嫉妬しているのを感じていた。彼が労働者の間で博している人気も、マルクスの羨望の種だった。初めにクリイゲが槍玉にあげられ、その次は自分の番に違いなかった。彼はクリイゲを弁護し、合せてそのような動議を持ちだしたマルクス自身を、攻撃した。彼の言葉の中には、いささか度を失したものもあった。

これがマルクスの、初めからの狙いだった。彼は今度はヴァイトリンクの発言を問題にして、ヴァイトリンクが党籍から除かれることを要求した。ヘスはパリから駈けつけ、ここまで進展すれば、事件が無事に落着する筈はなかった。ヘスはパリから駈けつけて、党の会合でマルクスを面詰した。ヴァイトリンクという、運動の最長老者に対してそのような行動をとることは、裏切りに他ならなかった。しかもマルクスがそのように、社会主義陣営の批判者たる地位を占めていい根拠がどこにあるのか。資本主義制度の崩壊が社会主義の勝利を齎すという彼の理論には、まだ何等の証明も与えられていなかった。仮にそれが証明できたとしても、愛とか人間らしい感情とかを否定していいはずはなかった、云々。ヘスが席をけって退場すると、マルクスは今度はヘスの発言を問題にし、彼が除名されることを要求した。

ヴァイトリンクとヘスの除名事件によって起された騒動は、なかなか納らなかった。ヘスは自分から離党した。しかもマルクスはそのころブラッセルで、ドイツ人の労働者のために、「労働者教育協会」と称する団体を組織しようとしていたがこの会ができ上ると、会員はマルクスのかわりに、ヘスを会長に選出してしまった。

ヴァイトリンク問題も、初めは旨く行かなかった。ロンドンにある「正義人同盟」の支部が、ヴァイトリンクの擁護に起ちマルクスの「学者風の傲慢さ」を非難した手紙をよこした(マルクス、クロニック、一八四六年六月十二日、同七月十九日)。このロンドンの支部は八十名から百名の会員を有する、当時のドイツ人の労働者団体としては、最大のものであった。

しかしまだ、パリの「正義人同盟」がのこっていた。これは、会員の数はロンドンの支部よりも少なかったが、これを除いては、唯一のまとまったドイツ人の労働者団体だった。

その会員をマルクス側につけるためにエンゲルスがパリに特派された。彼は会合がある毎に出席し、会員の一人一人とつき合い、その他に、反対者側にはスパイをつけ、その上にそういうこと凡てをマルクスに報告して、マルクスがこの情報をヴァイトリンクに対して利用できるようにした。

この戦法は着々と効を奏した。パリの「正義人同盟」はヴァイトリンクが始めたものだったが、会員たちはもう彼のことをよく覚えてはいなかった。それでエンゲルスが「反動」という言葉を盛んに使って、ヴァイトリンクを攻撃すると、彼らはエンゲルスの言葉を鵜呑みにした。

しかしマルクスが常用した戦法では、単に敵を思想上の問題で攻撃するのでは不充分だった。何か、女とか、金銭上の問題とか、その他、敵の人格を疑わしめるような醜聞を嗅ぎだして、これを武器に用いることが必要だった。エンゲルスのこの方面での探索も、無駄には終らなかった。それは、ヴァイトリンクの著述の多くが、彼一人で書いたものではないという噂だった。それを、「ここの労働者たちは皆信じています、」とエンゲルスはマルクスに書き送った（マルクスへの手紙、一八四六年八月十九日）。もしそうだとすれば、社会主義陣営は十五年間、ヴァイトリンクに騙されつづけてきたことになった。

もっとも、マルクスとエンゲルスの往復書簡を見ると、彼らにとって労働者が信じていることなどは、全然問題にならなかったことがわかる。「野郎ども」、「あの馬鹿ものども」、「何でもかでも本当にするあの労働者の馬鹿ものども」、というような言葉が、彼らの手紙に屢々出てくる（マルクスへの手紙、一八四五年九月十八日、一八四六年九月十八日、一八四八年八月十四日）。しかしヴァイトリンクにこの噂についてただした時に、ヴァイトリンクが、それは中傷だ、と答えただけで、後に、彼に「極めて侮辱的な手紙」を送った所が、彼がこれに対して返事を書かなかったということは、噂が事実であることを確証するものだった（マルクスへの手紙、一八四六年八月十九日）。

パリの「正義人同盟」で、まだヴァイトリンクを支持している少数の会員は、当然、会員たる資格を失ったものとして除名された。パリでの作戦は、完全な成功を収めた。そしてヴァイトリンク自身マルクス側の集中攻撃にたえきれなくなって、アメリカにいるドイツ人の労働者たちが旅費を送ってよこしてくれたのを幸いに、アメリカに亡命した。文字通りの亡命であり、この種類の独裁政治からの亡命としては、歴史上、最初のものだった。

次にエンゲルスは同じ戦法を用いて、マルクスの別な論敵カアル・グルエンを支持する会員たちを、パリの「正義人同盟」から除名させることに成功した。グルエンの場合に利用された醜聞は、グルエンが「労働者たちから約三百フランを詐取した、」というのだった(エンゲルス、マルクスへの手紙、一八四六年八月十九日)。これはグルエンを支持する会員たちがグルエンのために醵金したものだったが、勿論、彼らの証言を取りあげる必要はなかった。この時の粛清で、パリの「正義人同盟」は三十名の会員を有するに過ぎないものとなって、異分子は掃蕩された。

ヘスに対する工作は失敗に終った。彼が麻病にかかっているという噂を以てしても、エンゲルスはパリの労働者たちを動かすことができなかった。

このころからマルクスは、この種類の闘争にますます忙殺され、それは彼が死ぬ時まで続いた。ただ彼が著名になるにつれて、相手に選ばれる人物も、大物が多くなった。シュワルツシルトの伝記を読んでいると、マルクスの生涯はこの時期以後、ラッサアルとの闘争、次にバクウニンとの闘争、の二つに過された期間に大別してさしつかえないという感じがする。

その前にマルクスは、プルウドンも見逃しはしなかった。プルウドンがそのころ、「貧困の哲学」を著したのに対してマルクスが「哲学の貧困」を書いて反駁したのは周知の事実である。シュワルツシルトは、このマルクスの著書に附せられた序文の中から、次の一節を引用している。

「科学の世界での成り上りものたる独学者《オオトディダクト》が、実際には自分が持たない能力を持っているように見せかけるために、うんざりする学識をぎごちなくひけらかすありさまは、誰にもお馴染みのものである。彼の勿体ぶったくちぶりや、ことに、科学に関する誠意がない、世迷い言めいた発言は、まったく厄介なものである。」

マルクスがプルウドンを攻撃して書いた右の一節を、シュワルツシルトがあげているのは、この一節がいうまでもなく個々の事実に関する限り、そのままマルクスにあてはまるからである。この著書は当時、引き受けてくれる出版社がなく、マルクスはこれを自費出版した。

しかし一八四七年の大恐慌は、マルクスの理論があるいは正しいのではないかという考えを多くの人々にもたせ、「正義人同盟」ロンドン支部の委員会はマルクスに使者を派して、彼の学説を採用したい旨を申し入れた。また、来るべき革命に備えて、ロンドン支部は各社会主義団体の統合を計画していたが、マルクスにその綱領の起草を委嘱した。マルクスは早速この提案に応じた。この時結成された団体が共産主義聯盟であり、マルクスとエンゲルスが聯盟のために起草したのが、「共産党宣言」である。

この宣言が発表された一八四八年に、フランスに所謂、二月革命が起った。マルクスとエンゲルスは、彼らが予想していたプロレタリア革命の時機がついに到来したのだと考えて、フランスからドイツにかけて目醒しい活動を開始した。シュワルツシルトの伝記で、この二人の活動の跡を辿ると、その謀略の近代性に打たれずにはいられない。幼稚の感は免れないが、レエニン、あるいはヒットラアの先駆をなすものである。しかし二月革命はナポレオン三世の登場に終り、ヨオロッパ全土にわたる革命運動の弾圧は、マルクスの企図を完全に失敗させた。それに景気も持ち直し始めた。

マルクスとラッサアルの交渉は、このマルクスがドイツに行って、革命を画策していた時代から始まる。

革命の企てが挫折して、マルクスはブラッセルからロンドンに移った。自由とブルジョアの国、イギリスの他に、マルクスの居所がなくなったのである。彼の政治活動が完全な失敗に終った以上、マルクスは人々の信用を回復するためにも例の著作を完成する仕事に戻る他はなかった。エンゲルスは、彼の父親がマンチェスタアにおいている支店に再び勤務して、その月給の一部でマルクスの生活を補助することになった。ラッサアルもマルクスに金を送ってよこした。その後、マルクスのために八方奔走して、ついにベルリンのドウンカアに、彼の著述の出版を引き受けさせることに成功したのもラッサアルだった。

しかしマルクスの仕事はなかなか進まなかった。彼が再び仕事に取り掛る準備のために、大英博物館の図書室に通いだしたのが一八五〇年、ラッサアルの世話でドウンカアと契約を結んだのが一八五八年、そして最初の二章だけが、「政治経済学批判」という題で出版されたのが一八五九年だった。

その間の何年間かは、やはりマルクス的な、個人的な闘争に費された。まずヴィリヒとの軋轢から、共産主義聯盟が二つに分裂し、やがて何れのグルウプも解消した。マッツィニ、コスユウト、ルイブランなど、当時ロンドンに亡命していた政客の中で、自分もその一人であるマルクスの反感を、何等かの形で買わなかったものはなかった。そしてやがてマルクスは、ラッサアルに対しても敵意を抱くようになった。

ラッサアルはドイツで、次第にその名を知られてきていた。彼はマルクスを尊敬し、常にマルクスに好意をしめしていた。しかし彼がドイツで評判がよく、やがては政界の大立物となる可能性があるということだけで、すでに彼はマルクスにとって警戒を要する人物だった。

それで一八五六年に、デユッセルドルフから来たある無名の商人がマルクスに会って、デユッセルドルフの労働者たちはあまりラッサアルを信用していず、彼が単に出世するために、社会主義を看板にしていると考えている、という話をすると、マルクスはこの情報を直ちに取り上げて、エンゲルスに宛てて手紙を書いた(エンゲルスへの手紙、一八五六年三月五日)。しかしそれだけのことでは、マルクスにしても、どうすることもできなかった。

その間、ラッサアルの名声は高まる一方だった。彼は「全ドイツ労働者協会」を組織して、活動を開始した。この党を結成するについて、彼は当然のこととして、マルクスの協力を求めたが、マルクスはこれに応じようとしなかった。ラッサアルが成功している情報がマルクスの耳に届く毎に、彼は身悶えした。ラッサアルは世界で最初の社会主義政党を組織し、彼が演説をしに行く先々で、救世主として迎えられた。これに対抗するのにマルクスは是が非でも、彼の著述を完成しなければならなかった。他にマルクスとしてできることは、ベルリンにいる彼の腹心の部下たるリイプクネヒト（ウィルヘルム）を使って、ラッサアルを監視させる位のことしかなかった。「リイプクネヒトをベルリンにいさせることは、我々にとって絶対に必要なことだ。そうすることによって、いつでもイッツイ（マルクスとエンゲルスが用いたラッサアルの綽名）を出し抜くのに彼を使えるし、また適当な時期に、我々がラッサアルのことをどう思っているかを労働者の間にい触らさせることもできる訳だ。我々は彼をベルリンにいさせてある程度までその生活も保証してやらなければならない。君から金を少し送ってくれれば、彼も喜ぶことと思う」とマルクスはエンゲルスに宛てて書いている（エンゲルスへの手紙、一八六四年六月九日）。

しかしラッサアルとの闘争は、結局その後継者に対して持ち越されることになった。マルクスがこの手紙を書いた同じ年に、ラッサアルは決闘をして急死した。問題は、誰が彼の後をついで、社会民主党の総裁になるかということだった。リイプクネヒトから、ラッサアルの部下だったシュヴァイツァアが、マルクスに総裁に就任するように交渉したらという提案を出したといってきた。マルクスはリイプクネヒトに、彼にはこの交渉に応じる用意がある旨をいってやった。そしてその手始めに、彼はラッサアルに対する愛情をこめた追悼文を書いた（マルクス、クロニック、一八六四年九月十二日）。それにも拘らず、彼は総裁に指名されなかった。彼は妥協策として、彼が選出された場合は、就任を拒絶するという条件で、指名されることを提案した（マルクス、クロニック、一八六四年十月四日）。しかしこの提案も拒絶された。

しかし彼は社会民主党の機関紙に、エンゲルスとともに寄稿することを懇請されて、リイプクネヒトが編輯部員になることを条件として承諾した。そうすることによって、彼は機関紙とともに、党も裏から操ることができると考えたのである。しかしシュヴァイツァアはそのような考えを毛頭もっていなかった。マルクスの反対にも拘らず、機関紙はラッサアルを英雄に祭り上げ、その紙上は彼の思想でみたされた。

マルクスは最後の手段として、党と絶縁すると申し入れた。所が、党はこの申し入れを受諾して、「理論上の問題については、彼の意見を尊重する」が、「具体的な政策の問題に関しては、彼からの進言を必要としない」といってよこした（マルクス、クロニック、一八六五年二月二日、同二月十八日）。マルクスとしては、社会民主党を崩壊させる工作にとり掛る他なかった（エンゲルスへの手紙、一八六五年二月三日）。

マルクスがそのために用いることにした武器は、ラッサアルがプロシアの宰相ビスマルクと密談したことがあるというリイプクネヒトからえた情報だった。後に判明した事実によれば、ラッサアルはビスマルクが議会で自由主義の多数党に悩まされているのに乗じて、普通選挙法を実施すれば、労働者が投票権を得ることになり、それによって政府は自由主義勢力を抑えることができるといって、ビスマルクに普選の実施を勧告したのだった。併し二人の会談は物分れとなった。

マルクスとエンゲルスは、ただ二人が会ったということだけしか知らなかった。しかしそれだけで充分だった。二人は共同声明を発して、社会民主党が「プロシア王国政府社会主義」を実現しようとしていると非難し、そういう党と協力することはできないといった（マルクス、エンゲルスへの手紙、一八六五年二月十八日）。この声明は、党の機関紙に掲載するために書かれたものなので、彼らとしては、それ以上のことはいえなかった。しかし彼らは、リイプクネヒトに機関紙の編輯部員を辞職させて、彼を通してこのラッサアルとビスマルクが密談した事実を、四方にまきちらさせた。それには、手紙を各方面に書いて送るのと同時に、口頭でもこの話が伝えられた。他のものも、この仕事に動員された。

マルクスとエンゲルスは、この事実の確証を握っている訳ではなかった。しかし彼らは、そういう証拠を握っていると言明した。「ラッサアルが党を裏切ったという証拠が、我々の手に入ったのです」（マルクス、クウゲルマンへの手紙、一八六五年二月二十三日）「我々は、ラッサアルとビスマルクとの間に同盟が成立していたことを、確実に知っています」(エンゲルス、ヴァイデマイエルへの手紙、一八六五年三月十日)などと彼らは書いている。マルクスはさらに、シュヴァイツァアがビスマルクから金を貰っているという噂を流布させた。

ところが社会民主党を崩壊させようとするこの企ては失敗に終った。誰もラッサアルとシュヴァイツァアの裏切りを信じようとしないのだった。四年たった後社会民主党はまだ健在だった。マルクスはこれに対抗するために、リイプクネヒトに別な党を作らせたが、これも直ぐにはものにならなかった。それに、リイプクネヒトの党にしても、マルクスがいう通りになるか、怪しいものだった。とすれば、リイプクネヒトも敵だった。「あの獣は完全に気が違ったらしい」「あの牝牛は、革命の政策について何も知っていない」などとマルクスは彼について、エンゲルスに書き送っている(エンゲルスへの手紙、一八六八年十月二十四日、一八六九年八月十日)。要するに、完全な失敗だった。

マルクスは一八六七年に、「資本論」という題に変更した彼の著述の第一巻を完成し、同じ年に、ハムブルグのマイスナア書店からこの第一巻が出版された。第二巻、第三巻の草稿は、マルクスが死ぬまで、遂に未定稿の儘で放置された。その理由の一つは、第一巻が全く何の反響も呼ばず、初版が二百部しか売れなかったことだった。彼はまた、この第一巻が英訳されることを期待していたが、ドイツ語版の失敗で、その英訳を出そうという出版社がなかった。マルクスはこの失敗が、専門家の経済学者たちの陰謀によるものだと信じていた。併しそれにしてもどうにもなるものではなかった。

彼の晩年は、第一インタアナショナルの結成と、その操縦、及びその結果として起った、バクウニンとの闘争に費されたとみてさし支えない。その何れの場合にも、彼が用いた戦法は、以前と変ることはなかった。それをくり返して詳述する気はない。マルクスが第一インタアナショナルの指導権を握った後に、バクウニンがスイスで結成した『社会民主主義国際聯合』が、第一インタアナショナルに加入したいと申しこんできた。これはマルクスの指導権を脅すものだった。マルクスは、バクウニンを失脚させる工作に乗りだした。例によって、誹謗と暴露戦術が用いられた。そして長い闘争の後に、バクウニンは第一インタアナショナルに弾劾された形になり、同時に、第一インタアナショナルも瓦解した。バクウニンは引退し、マルクスは、——勝ったと思ったのだろうか。

晩年の出来事であるといっても、彼はその後さらに十年以上生きていた。その間、彼は完全な引退生活を送ることを余儀なくされた。ゲエドとか、ハインドマンという名前が、マルクスに関するこの期間の記録に散見する。しかしそういう人々にも、マルクスはもはや、相手にされなかった。エンゲルスだけが、終りまで彼を見はなさなかった。

またマルクスは妻のジェニイと切りはなして、その生涯を考えることはできない。ジェニイはかつては、「トリエル一の器量よし」と歌われたほどの美少女だった。そしてマルクスが学位をとった年に彼と結婚し、その後四十年間、彼と文字通りに一生の苦労をともにしてきたのだった。

ジェニイは癌を患って、瀕死の病床にあった。隣りの部屋にはマルクスが肺炎と肋膜を併発して、それもやはり病床にあった。その一八八一年の暮に、あるイギリスの雑誌が、「近代思想の指導者たち」と題する連載物の一部として、その二十三番目に、マルクスのことを書いたものを掲げた。それは、マルクスについてイギリスで書かれた、最初の好意的な記事だった。マルクスはこの記事を読むと、起きて隣の部屋に寝ている妻に見せにいった。「妻はこういうことにいつも非常な興味をもっていたから」と彼は後でいった。恐らくこれが、彼の長い生涯に演じられた、最も美しい場面である。

彼の妻はその三日後に死に、彼自身はその後さらに一年余り生きていた。

（「雄鶏通信」昭和二十五年四月）

〝世界の末日〟と〝一九八四年〟——人間性を描く未来記——

シンクレアの「世界の末日」(並河亮訳、中央公論社刊)とオォウェルの「一九八四年」(龍口直太郎、吉田健一共訳、文藝春秋新社刊)は、ともに未来を扱った作品であるのみならず、後者は時代的に、前者の延長をなしていると見ることができる。シンクレアの劇作は第二次世界大戦の終り頃、広島に原爆が投下される辺りから始まっているが、それから話は何年か後に移って、第三次世界大戦が起り、世界の主要都市が原爆によって壊滅し、登場人物はアメリカのサウス・ダコタ州の僻地に逃れて、山奥に穴居生活をしている所で終っている。そしてこの戦争がもっとひどくなって、我々が現在知っているような文明の在り方とか、社会機構が凡て消滅し、世界が或る全く新しい秩序の下に置かれることになってからが、オォウェルの小説「一九八四年」の舞台である。

まず、「世界の末日」の方から始める。話の筋を簡単にいえば、原爆製造の研究に従事している科学者が、日本の降伏とともに、それまで方々の研究所に缶詰めにされていたのから解放されて、自分の家族の許に帰って来る。その義兄はラジオのアナウンサァで、義兄の息子はラジオ狂である。科学者の妻が、帰宅を許された夫を迎えに、ニュー・ヨークの姉のアパアトに来て、マッカーサー元帥のミズウリ艦上からの放送が童謡や商品の広告の放送と入り混る中に、一同は何年振りかで科学者と顔を合せる。

ラジオのアナウンサァとラジオ狂を登場人物に加えたのには意味があって、ラジオ放送がこの作品では、終始、重要な役目を果している。例えば次の幕は、科学者の帰宅から数年後のことになっているが（といっても、終戦から五年後の、昭和二十五年十月現在でないことは勿論である）、その時にニュー・ヨークで原爆の爆発があったことを登場人物が知るのも、ラジオ放送によってであり、その後にアメリカ全体、又、全世界が陥った混乱の描写も、ラジオ・ニュースの形で行われる。最後の幕で、ポータブル・ラジオの電池が切れるまで、ラジオの声が登場人物と、外界とを関係付ける役を務めている。

この作品の題名を、「世界の末日」と訳したのは、或は原作者の意図に反しているかも解らないのである。原名は"A Giant's Strength"で、巨人の力は、恐らく原子力の猛威を指すものと思われるが、シンクレアがその原子力によって、世界の終末が招来されることを示そうとしているとは、早急には断じられない。彼はこの作品を通して、原爆の恐しさを相当に力強く描写してはいるが、彼は寧ろそうすることで、人間の自衛の本能から、原爆を武器とする未来の戦争にやがては終止符が打たれることを、極力説こうとしているようである。それは従ってこの作品が、或る極めて素朴な楽天主義に貫かれていることを意味する。理論が素朴であることは、その理論を基礎として書かれた作品と、直接には何らの関係も持たない。併しシンクレアの楽天主義が、今日誰にでも一応は考えられる楽天主義と少しも異っていないことも事実である。そして延いてはそれは、想像して見ただけでも恐しくなるようなことは先ず起らないだろうという、凡て災難の予想に対する人間の希望的な観測とも繋っているとしなければならない。

　恐怖、或は嫌悪以外に、この観測の根拠がどこにあるか。この疑念が、シンクレアの作品で原子力時代の戦争の恐しさが強調されればされる程、深まって行く。科学者の息子のラジオ狂が、舞台で数年が経過するうちに成人して、今日、日本の学生の多くに見られるような平和論者になって行くが、彼がこの作品の主人公であるとは思えず、この作品の主人公は、本当は未来の戦争の恐しさと、それを伝えるラジオの声なのである。従ってこの科学者の息子が最後の幕で、穴居生活を止めて山を降りて行き、下界の避難民の中に入って行って戦争反対に挺身しようと決意し、

　あらゆる人民に告げよ！　人殺しをやめよう！　愛しあおう！　おたがいに親切になろう！　他人を理解しよう！　諸君！　世界政府をつくろう！　世界政府に秩序保持の最高権力を与えよう！　それ以外のいかなる政府も戦争をしようとしてはならぬ！　侵略して

はならぬ！　侵略するぞとおどしてはならぬ！　各人が建設的な仕事のできるように、平和を確立し、武器を棄てよう！　諸君！

戦争反対！　戦争製造者を打倒せよ！　永遠に奴らを葬れ！


と叫ぶ時、我々は彼の言葉から、まだ学生大会の雄弁の域を脱し切っていないという印象を受けずにはいられないのである。

そういう雄弁よりも、シンクレアが描く第三次世界大戦の凄惨さの方が、遥に我々の胸に迫って来る。そしてこの印象には、そういう大動乱に相応しい騒々しさが伴っているが、オゥウェルの小説「一九八四年」には、もしそのような大変動が起ったとしたならば、その後に必ず地球を訪れるに違いないと思われる或る荒涼とした、不思議な静けさが漂っている。それがオゥウェルの構想による、一九八四年の、この小説が昨年書かれてから三十五年後の世界である。

第三次世界大戦は世界革命の様相を呈して、革命の方は成就するが、それで戦争というものがなくなった訳ではない。その反対に、戦争は不断に継続され、それが逆に、各国間の平和、或は少くとも、各国の支配階級の安全を保証するための不可欠の手段となっている。革命は世界政府の実現とはならず、世界は、同じような思想を持った支配階級の治下に、同じような政治組織を有する、三つの大国に分割されている。この三国のうち何れか二国の間に絶えず行われている戦争には、原爆は使用されず、世界は原子力時代から一歩、後退して、原爆は各国の政府によって威嚇的に保有されているだけである。主要な戦場は北アフリカからインドにかけての、三国間の広大な緩衝地帯に限定され、民衆は戦況について、政府の公表以外には何も知らされないが、戦時の異常心理に乗じて民衆を統御することが、各国の政府の重要な政策の一つになっている。そして戦時であることを強調するためでもあるかのように、時々どこかからロケット爆弾が飛んで来て街の一角を破壊し、その度毎に数十名、或は数百名の犠牲者を出す。

私の先輩の一人は、「一九八四年」について話し出すと切りがなく、まだ読んでいないものにはその内容の全部を説明してやりたいような衝動に駆られて困るといった。それ程この作品は、二十世紀の政治、社会、又、文化の在り方についての洞察に豊富であって、その洞察の一つ一つがこの作品を生かし、これを支え、この作品がとっている確固たる形態の所以となっている。ヴァレリイは二十世紀を定義するのに、科学的な事実の世紀という言葉を用いている。「一九八四年」を読むに従って展開して行く世界は、科学的な事実のように冷酷であり、そしてこれと同様に精緻な論理の上に成り立っている。この論理を辿って行けば、そこに現れるものは現代の論理であって、この作品についてよく考えて見れば、それは或る架空の、或は少くとも、何らの確証もない未来を扱った小説であるよりも、現代の諷刺、それも現代というものに対する認識の徹底から出発して、オォウェルが批判しているような現代の様相が続く限り、未来に出現する可能性を十分に持つ一つの世界を鮮かに描いて見せているという、極めて念の入った諷刺であることが段々に解って来る。

この作品がそういう性質のものであるために、勢い、その内容を筋を追って説明し、これに自分なりの解釈を加えて見たい衝動に駆られることになる。同時に、それ故に又、この作品のどこを問題にしても、そこには尽きない興味で我々に呼びかけてくるものがある。極めて卑近な一例を取れば、三大国がそれぞれ奉じている主義について説明してある箇所で、大洋国（大体、現在の北南米、及び英連邦が一緒になってでき上った国家）で国民全体の信条となっている思想は英国社会主義《イングソック》、欧亜国（欧州の全部とアジア北部）のはネオ・ボルシェヴィズム、東亜国（中国とその南方の諸国、及び日本）のは自己没却の名で呼ばれているが、その内容は何れも……同一の、極端な全体主義だといっている。

自己没却という名の主義は、直ちに我々に滅私奉公という、戦争中に盛に用いられた言葉を想起させる。満州事変から終戦に至るまでの一時期程、日本が西欧流の全体主義の危険に曝された時代はなかった。そして「一九八四年」に出てくる数々の描写は、そのまま我々の戦時中の思い出なのである。例えば党員の住居には（政治のみならず、一切の事業は国家によって運営され、その何れかの部門に属する仕事に携るものは、凡て党員であって、党は一つしかないから、ただ党というだけで足りる）、どの部屋にもテレスクリインという装置が取り付けられている。これはラジオとテレヴィジョンを兼ねたような機械で、しかも受信と発信がこの機械一つで行われる仕組になっている。ということは、自分の家のどこにいようと、自分がすること、又口にすることは、凡てテレスクリインによって政府の監視者達に筒抜けに伝達されるのである。テレスクリインは住宅のみならず、人がいる所ならば殆どどこにでも取り付けてあり、監視のためだけではなく、宣伝や、各種の指令を一斉に発するのに用いられている。それで、この小説の主人公、ウィンストン・スミスが、毎朝のラジオ体操をするために叩き起される、次のような場面がある。

テレスクリインは耳をつんざくような汽笛の音を出しはじめたが、その音は同じ高さで三十秒もつづいた。それは七時五十分で、勤め人の起床時刻であった。……「三十台から四十台の組！」突き刺すような女の声が吠えるようにがなりたてた。「三十台から四十台の組！　どうか位置について下さい。三十台から四十台の人は用意！」スクリーンの上には、ウィンストンは跳び上って、スクリーンの前に気をつけの姿勢をとった。スクリーンの上には、緊着上衣《チューニック》、体操靴に身をかためた、やせぎすではあるが、よく筋肉の発達した、かなり若い婦人の姿がすでに現れていた。「両腕を曲げて伸ばす運動！」と彼女は大声で怒鳴った。「わたしに合せてやって下さい。一、二、三、四！　一、二、三、四！　さあ同志もっと元気を出して！　一、二、

三、四！　一、二、三、四！」……

戦時中にラジオ体操を実際にやった経験がないものでも、あの早朝の騒音は幾度も耳にしたことがある筈である。早朝の在郷軍人の訓練に至っては、或はもっと多くのものの記憶に残っているかも知れない。そして今、傍観者の立場から、ウィンストンの難渋を滑稽に思うというのは、あのような窮屈な時代が過ぎ去ったことに対する安心のためではなくそれ以上に陰鬱な時代の可能性があの時既に胚胎していたことを、我々が頭の片隅で切実に感じているからに違いない。この作品が現代の諷刺であるというのは、そういう意味でなのである。

オォウェルが日本の戦時風景を知っていた筈はない。恐らくは、総力戦という言葉が示す全体主義的な暗さは、敵味方を問わず、戦争中に世界の至る所に類似の光景となって現れたものと思われる。能率を上げることが第一の条件である現代の科学的な方法論からいえば、全体主義は、或る一つの目的を達するために用いる手段が取るべき形態として当然の帰結である。軍隊、大量生産、経済機構、凡てがそうであるといえる。全体主義的な国家を倒すためにも、全体主義で戦う他はない。方法に関する限り、全体主義に間違いはないのであり、ただ目的の性質のみがその埒外にあって、全体主義の正邪を決定する。それでは、もし方法が目的を追い越したならばどうなるのだろうか。オォウェルはこのことに着眼したのである。方法の正確さは、科学によって保証されている。しかし全体主義を否定する凡ての価値は、愛とか、自由とか、憐憫の情とかいうものは、何れも実証の領域を越えて、ただそういう空しい観念であるか、或は、我々にとって余りにも親しいが故に、実証を拒否する肉感である。

オォウェルは、この目的と方法の対決に、現代の悲劇を見た。そして彼の作品で、科学の冷酷さが、人間性というものの実証的な根拠の薄弱さに打ち克った時に、世界はいかなる相貌を呈するかを究明しようとしたのである。彼の作品の主人公であり、この全体主義で完璧に武装された国家に対する最後の反逆者たるウィンストンは、自分が合理主義者であると信じ、二足す二が四であるという事実を自分の反逆の根拠にしている。党は、党の政策上、そういう必要が起る時は、二足す二が五にもなり、三にもなると考えることを党員に要求する。しかしながら、もともとこの党国家は、二足す二は四であるとする合理主義を基礎として成立しているのであって、二足す二は四であるとすることが合理的であるならば、その合理主義が発達して取った形態である全体主義も、同様に合理的なのである。党は、党の安全を保証するための合理的な措置として、党員に必要がある時は、二足す二がゼロにもなることを認めよと要求しているに過ぎない。

従ってウィンストンに残された最後の反逆の根拠は、というよりも、彼をして反逆させる実際の動機は、恋人に対する愛情とか、二足す二は四であるということを、客観的な事実として扱う個人の自由に対する彼の情熱とか、要するに、彼の人間性なのである。そしてオゥウェルは恐しく精緻な筆法で、科学的に組織された圧迫に会えば、人間性は脆くも消え去るものであることを明示している。その意味で、ウィンストンの反逆が発覚し、彼が秘密警察に捉えられて、何ヵ月間かに亘って拷問された後に、党の最高幹部の一人であるオブライアンという男と対決する辺りは、この作品中の圧巻である。何度かの審問で、二人の間に幾つかの極めて興味ある対話が交された後に、ウィンストンは或る時、最後に、党がいつかは必ず崩壊する原理を、人間の精神というものに求める所までオブライアンに問い詰められる。そうするとオブライアンは、「お前は最後の人間なのだ。お前が人間の精神の保持者なのだ。お前の実際の姿を見せて上げよう」という。そしてウィンストンを立たせ、着物を脱がせて、鏡の前に行かせる。

ウィンストンは恐怖のために立ち止った。腰の曲った、鼠色をした、何か骸骨のようなものが、彼の方に向って歩いて来たのだ。それが自分だからということだけではなく、その外観そのものが恐しいのだった。彼は鏡のもう少し近くまで行った。その何物かは、腰が曲っているために、顔が前に突き出されているように見えた。それは、瘤の形に盛り上った額が、禿げなかった頭皮に続いている、みすぼらしい老囚徒の顔で、曲った鼻の両側にある尖った頬骨が痛々しい印象を与え、その上に眼が鋭く、用心深く光っていた。頬には皺ができていて、口は引きつっている感じがした。確かにそれは彼自身の顔だったが、その顔は、彼が内的に変った以上に大きな変化を見せているように思われた。そして浮ぶ表情は、彼自身が抱く感情とは違ったものではないだろうか？　彼の頭は半ば禿げていた。初め、彼は、髪も白髪になったのだと思ったが、それは禿げている部分が鼠色になっているのを見間違えたのだ。顔の一部と両手とを除いては、皮膚にこびりついた垢で全身が鼠色を呈していた。その垢の下から、所々に赤くなった傷痕が見え、踝の傍の静脈瘤は腫れ上って、皮がそこから剝げ落ちていた。……

ウィンストンは更に巧妙な心理的な拷問にかけられて、遂に心から党に屈服し、その上で銃殺を宣告される。その前に彼を銃殺しないのは、彼が反逆心を抱いたまま、殉教者の誇りを持って殺されるのでは、粛清の仕事がまだ十分であるとは言えないからである。

彼の審問に当る党の幹部のオブライアンという男は、党の熱狂的な支持者ではあっても、極めて明晰な頭脳の持主で、教養もあり、人間的にも魅力があって、ウィンストンを除いては、この作品中で最も重要な人物である。そして彼がウィンストンとの対話で、党の精神が純粋な権力欲によって支配され、更にこれを支えているものは憎悪の感情であると言明しているのは注目に価する。彼の上には党首の、「偉大なる兄弟」という人物が存在していることになっているが、誰もこの人物に実際に会ったという確証はなく、寧ろオブライアンが党の体現であると見た方が正しい。そしてオブライアンは、党の不滅を最も合理的にウィンストンに説明した後に、その党を支えているものは憎悪の感情であるという。これは何を意味するのだろうか。オブライアンが代表する党は、人間性というものは存在しないことを実証することによって、これを扼殺し去ったのである。しかし人間性は、その存在を実証することはできなくても、実在する。従ってオブライアンのうちに、又ウィンストンのうちに、そして又、他の数千万の党員のうちに扼殺された人間性は、憎悪となって内酵し、逆襲してくるのである。彼等が犯した冒瀆は、或は、ウィンストンの悲劇は、この憎悪の烈しさによって測ることができる。人間性は党とともに不滅であり、党よりも不滅なのである。

従って又、愛も、個人の自由も、憐憫の情も、同様に不滅である。或は、不滅という言葉がこのような場合に、誇張に取られる虞れがあるならば、これらのものは、少くとも実在する。オォウェルは、人間性の存在を実証したのである。

「一九八四年」は、原爆の猛威から立ち直ったものの、まだ廃墟の冷厳さと、静寂を湛えた、新しい世界の在り方を綿密に述べることを目的とした、恐しく手が込んだ小説であるかに見える。併しオォウェルはこの方法を用いて、ただこの人間性の実証を試みようとしただけなのであり、彼がこの試みに又とない成功を収めていることは、それに盛られた内容とは凡そ反対である筈の、いかにも爽かな味が実証している。でなければ、私がこの作品の中でも最も陰惨であるべき幾つかの拷問の場面を訳しながら、生の歓喜を覚えたというようなことはあり得ないことなのである。

（「毎日情報」昭和二十六年三月）

T・S・エリオット『文化とはなにか』(深瀬基寛訳)

これは重要な著作であり、又この訳は十分に信用するに足りる。従ってこれは、なるべく多くのものに読まれることが望ましい訳書である。

文化ということが言われ出したのは、文化が危機に面していることが認められて来たからでその危機は例えば、文化ということが言われ始めるとそれが直ちに一つのそういう言葉となり文化国家というような言葉が作られることにもよく現れている。文化が一つの集団から切り離して考えられるもので、一つの集団が文化というものを持たずに一つの国家にまで成長し、従ってこの二つがばらばらに存在するのを一つにして今度は文化国家で行こうなどという観念にエリオットは反対しているのである。

『かくのごとくにしてそこにいわゆる「通俗観念」――より厳密にいえば「流行語」――なるものが出来あがります。これは、活字によって専ら影響される一般読者の精神に強い情緒的影響を与えるゆえにこそ、職業的政治家によって慎重に考慮さるべき問題であり、また政治家が公の席で発言する場合には充分の尊敬を以て取り扱わるべき問題なのであります』

と彼は言っている。

それでは、エリオットは文化とは何であると言っているのかと問うのも、文化の危機による我々の焦燥の現れであると見ていいのである。エリオットは、文化とはかくかくしかじかのものであると言った種類の定義を下してはいない。併し彼は、文化が何でないかということは極めて明快に言い切っている。彼は詩人として、一個の近代人として文化が何であるかを正確に知っている。それは彼を生み、彼を形成し、彼の血液とともに流れているものなのである。併しそれ故に彼は、文化が言葉では如何に捉え難いものか、それだけにこれを言葉で表現する時には如何に細心の注意を払わねばならないかということ、要するに、文化が如何に生きたものであるかということも知っているのである。併し今やその文化の観念を、少くとも文化でないものから区別しなければならなくなった。文化でないものを凡て取り除くということは、同時にそのこと自体によって文化の観念を明確にすることでもある。そしてエリオットは更に一歩を進めて、文化そのものに就ても幾多の極めて特徴的な事実を指摘することもしている。『文化とはなにか』という題名に、この著書は結局は背いていないのである。（B6一九八頁・一八〇円・弘文堂）

（「日本読書新聞」昭和二十六年十月三日）

ロレンス『現代人は愛しうるか』、伊藤整『性と文学』

伊藤整氏の『性と文学』（B6一四〇頁・九〇円・細川書店）は序文で断ってある通り、今度のチャタレイ裁判に関連して、ロレンスの思想と作品の解明を試みたものである。当然それは、文学のみならず人間の生活での性の問題と性というものに対するロレンスの考え方を扱う結果となっているが判事、検事というような、少くとも日本では、凡そ文学と縁がない存在を、意識的に読者の一部と見做して書かれた文章が多いせいもあって、ロレンスを周るこういう問題がこれ程懇切に解説されたことは、まだなかったのではないかと思う。

殊に、問題になった作品の総合的な解釈である「『チャタレイ夫人の恋人』の性描写の特質」は、その原形となった陳述が伊藤氏自身によって法廷で行われた時に、筆者も傍聴席で深い感銘を覚えたもので、他に余り類を見ない力作である。このような結果を生んだことを思えば、チャタレイ裁判という荒唐無稽な事件も、全く無意味ではなかったといえるかも知れない。

伊藤氏は、ロレンスの思想が必然的に性の問題を中心にして展開した過程を詳述しているが、その思想をそういう形で成立させたロレンスの殆ど一種の偏執に近い正義感とか、全人性への憧れというような、言わば更に本質的な事情の一端を窺わせるものに、彼自身のエッセイ『現代人は愛しうるか』（原題「アポカリップス」福田恆存氏訳・B6二九〇頁・三〇〇円・白水社）がある。ロレンスが性に対する感覚を革新することでその思想を完成したのは、そこに彼の虚偽に対する烈しい嫌悪や、理想的な人間像への新鮮な夢を満足させる道を見出したからである。

ここでは、「黙示録」（「アポカリップス」）に見られるような著者の特権意識に、近代人の病根の一つを認めた彼の憎悪が主として語られているが、福田氏がこの訳書で冒頭で指摘している通り、これはロレンスの愛への切実な祈求と一体をなすものであり、その祈求の清純さが彼の憎悪の峻厳さと相俟って、全篇が烈風に吹き捲られているという印象を与える。彼は作家であるよりも先に思想家だったので、その意味でこのエッセイは、彼の最も重要な作品の一つに数えられなければならないのである。

（「日本読書新聞」昭和二十七年一月三十日）

ローレンス『虹』(中野好夫訳)

ローレンスが考えたことはそれまでのヨーロッパ的なものの考え方を破壊するのに劃期的な役割を演じて、今日に至っても、日本だけでなしに、益々人の関心を惹きつつある程の内容を持ったものである為に、そこに行き着くまでに彼の思想が辿った径路は複雑、と言うのは、迂遠を極めていて、それを彼が辿った場所が彼の幾つかの長篇小説だったのだから、彼の後からついて行かなければならない読者も大変な訳である。

そういう意味では、彼位、野暮ったくて、読者の忍耐力を無視した作家は英国の小説界に珍しいと思う。そして限られた紙数では、それでも彼が読者を彼から離れられなくし、その読者の数も殖える一方である彼の作品の魅力について書いた方が、彼の思想そのものを取り上げるのよりも大切なのではないかという感じがする。パスカルに、「喘ぎながら求める」という言葉がある。そしてローレンスも喘ぎながら求めた一人であるが、パスカルにしても、ローレンスにしても、彼等の喘ぎが如何に不思議になってわれわれの胸を打つかは、彼等が考えていたことの本質と関係がないことではないのである。

尤も、ローレンスの作品ではっきり歌となったものが現れるのは『チャタレイ夫人の恋人』に至ってからのことであるとも言えるので、そしてこれは彼が書いた最後の長篇だった。『虹』に歌があるだろうか。この作品の終りで病後のアーシュラが空に虹が拡がるのをみる場面を挙げるものがあるかも知れない。併しこれは寧ろ、烈しい嵐が過ぎた後の静寂であって、歌声を上げる気力も残っていない人間がそこに見出す、歌が湧き上って来るのには余りにも深い休息である。戦いに疲れ果てたことが、戦いに意味を与えるということがここに感じられる。

嵐というのが、ローレンスのどの作品にも一番よくあて嵌る形容のように思われる。そして彼がわれわれを惹き付けて止まない所以もそこにある。彼の作品を読んでいると、同じ言葉が（例えば、「暗い」である）言葉だけでなくて、殆ど同じ場面が倦きることなしに繰り返されて、その点でも一流の作家として型破りな感じがするが、ローレンスに言わせればそこまで一々構ってはいられなかったということになるだろうし、又われわれの方でも、同じ言葉を同じと感じるだけの余裕がない。嵐が起っている間吹いているのは同じ風であり、その風に打たれているわれわれの皮膚は、また体は、それが同じだと認めたりするよりも、風に抵抗するので精一杯なのと少しも違いはないのである。

これは勿論、ローレンスという作家の想像力の烈しさ、ということは結局、彼という人間自体の烈しさから来る。そしてそれが男女の関係や人間の生活に実際には常に潜んでいる烈しいものを彼に発見させ、それが更に彼の作品に登場する人物の中にあるそういうものを呼び覚す結果になって、この作品に次ぐ作品による大幅な振動が、宗教と科学の両面から硬化の症状を呈し始めていたヨーロッパ文化をその根柢から彼に疑わせることになったのだという印象を、われわれは彼の作品から受けずにはいられない。『虹』そのものはどういう話かということを抜かしたようであるが、『虹』もローレンスが書いたそういう話の一つなのである。（新潮社刊・三五〇円）

（「婦人公論」昭和二十九年八月）

グレアム・グリーン『地図のない旅』（田中西二郎訳）

これはグリーンが一九三六年にアフリカ西海岸のリベリア共和国の奥地を旅行した時の記録で、その題は、リベリアの地図というものが実際になくて、彼が地図なしで旅行を続けたことから来ている。併しグリーン自身が言っている通り、この題にはもう一つの意味があって、我々が子供の時代から大人の現在まで成長して来たのも、手探りでする一種の地図なしの旅行だったのであり、グリーンはその範囲を人類の歴史まで拡げて、文明の揺籃時代に今日でもまだ置かれているアフリカ人種の生活に、その人類の揺籃時代と、それに含まれている筈の自分の幼年時代を求めて旅立ったのである。そうすることで、彼は自分自身の根源まで遡ってその自分というものを確めようとした。

それだけでも、これが普通の所謂、旅行記とは違うことが解る。併しそれだからと言って、グリーンがアフリカで自分を発見し、現代文明の性格を分析することが出来たと考えて、その結論をこの本に期待してはならない。それはアフリカだろうとどこでだろうと、我々自身の生活の中でする他ないことなので、アフリカの地理学上の条件がそういう思索や体験に適しているというのには限度がある。併しこの旅行記に就て重要なことは、グリーンがそのようなな虚心な態度でアフリカの現実に接し、それが奥地では確かに人類の揺籃時代の現実であり、海岸地方ではそれが現代文明に無抵抗に蝕まれて行く姿を現していたということである。

それ故に、我々は人間というものが、又我々自身が何であるかをこの本では教えられなくても、人間と自然がこの上もなく鮮かに、丁度、世界の揺籃時代に戻ったように鮮かに描かれているのに驚く。そして序でに、現代文明の中の無駄な要素に就ても多くを知ることになるが、ここにある現実が余りにも新鮮なものである故に、我々の文明の無駄な面は切り捨てた方がいいという方向に考えが行かずに、寧ろ老人の顔に生じた皺も同様にそれにも愛着を覚える気持にさせられる。何よりもこの新鮮な感じの為にこの本を読むべきであり、それ故にこれは確かに旅行記なのである。（B6二五五頁・三四〇円・新潮社）

（「日本読書新聞」昭和二十九年十一月十五日）

アンドレ・モロワ『ディズレーリ伝』（安東次男訳）

『ディズレーリ伝』はモロワの名著の一つで、それが日本でたとえばその『英国史』などといっしょに訳されなかったのは不思議にも思えるが、日本で行なわれている読書の常識に従えば、これは理解できないことではない。

モロワの『英国史』は、その題が示す通り、イギリスの歴史である。歴史を読むことにはわれわれも慣れている。しかしディズレーリは一九世紀のイギリスおよびヨーロッパの政治史を決定するのに大きな役割を果たした人物で、こういう政治家の伝記を書くにあってはわれわれの間では一つの型ができ上がっている。あるいは、政治家の伝記に、われわれが期待するものが、一つの型に従っている。ところがモロワの『ディズレーリ伝』はこれにあてはまらない。そこに政治そのものに対するわれわれの見方のきわめて特殊な性格がうかがえるともいえるのである。われわれにとっては政治家は政治を投機と心得ている悪人でなければ、政治という神に一切を捧げて、人間ではなくなった存在であり、それゆえに政治家の伝記に望むものも、その人間の生涯が再現されることであるよりは、もしそれが一冊の伝記を書くのに値するほどの政治家であるならば、その生活を取って食ってしまったはずの政治というものについての談議である。

日本にはそういう政治家がかつてはいたのかも知れない。むしろ、多くの政治家が日本での政治上の必要から、それを装っていたのではないかと考えられる。しかし、実際に優れていて政治を動かす力がある政治家は、何よりもまず、政治の手腕があって、これを振るうことに生きがいを感じ、そうすることで自分の生活を飾った人間であって、優れた仕事をするのは優れた人間であるから、その人間を伝記で描くのに値するという通則は、政治にも、あるいは、ことに人間を動かす術である政治に適用することができる。

政治と政治学が別のものであることを強調する必要がある点で、日本はドイツに似ている。似ていてもかまわないが、そのために、モロワの『ディズレーリ伝』について語るのにも、こういう陳腐な前置きをまず書かなければならないことになる。モロワはディズレーリという魅力のある人物とその時代をわれわれがいるところまで持って来てくれる。しかし読者は、それでは、たとえば、ディズレーリがビクトリア女王の望みをいれて、これをインド皇帝の位につけたその帝国主義的な措置の背景になったものは、とその点でいわゆる掘り下げ方が足りないと思うかも知れない。

政治の話をどうしてもしなければならないならば、ディズレーリがその政治家の地位を一挙に固めたのは、彼が属する保守党が一八六七年に第三次ダービー内閣を組織したとき、彼が主唱者になって、選挙民に対する収入上の制限をすべて撤廃して、選挙権を反対党の自由党も考えつかなかったほど広範囲に拡張し、自由党に手も足も出なくさせたことである。

しかしモロワの伝記を読んでいると、そこに現われているのは人心の動きを機敏に察する政治家であるディズレーリであり、またこの大勝利にほくほくして妻が待っているいなかの屋敷に夜遅く帰って行くディズレーリという人間であって、自由主義がどうのこうのといったことは、ここには出てない。いわゆる主義主張からすれば、ディズレーリは自由主義者だった。しかし、政治では実現できないことは、すべてその主義主張という空論に過ぎないのである。また、実現されれば、それは理想の実現というふうな大それたものであるよりも、もっと世俗的で派手な政治上の勝利という一つの幸運なのである。モロワの伝記には、そういう当たり前なことが、ディズレーリの生涯を通して、実に鮮かに語られている。

ディズレーリとビクトリア女王の結び付きも興味あるものであり終わりの方ではそこに詩とでもいうほかないものが漂うことになる。ただその亡夫の思い出に閉じ籠っているこの女王と、成功の絶頂で妻を失うこの政治家は英帝国という二人にとって共通の関心事で結ばれていて（大英帝国という妙な名称が日本人のネツ造であることをここにも繰り返さなければならない）、それがやがて、かつてのエリザベス女王とバーレー卿の間柄に似た女主人とその長年使い慣れた老僕の親交に変わって行く。似ているのであるよりも、この二つは全く同一の関係であって、女が大政治家でありながら、そのために少しも女であることをやめない点に、英国人の一種の、自然であることの魅力とでも呼ぶ他ないものがある。

ディズレーリとその妻のことを扱った部分も美しい。二人とも病苦に打ちのめされて、めいめいの寝室から出られなくなっているとき、鉛筆の走り書きで、要するに、恋文をかわすところの描写など、ほとんど牧歌的な効果を収めている。不思議に、この伝記を読んでいると、環境も伝統もおよそ違ったものであるのに、修身、斉家、治国、平天下という東洋の句が頭に浮かんで来る。（B６判　二三四ページ　三七〇円　昭和三五年　東京創元社）

（「朝日ジャーナル」昭和三十五年十一月）

福原麟太郎『英文学入門』

これは何よりも先ず面白く読める本である。そしてこの面白さの性質に就て考えて見ると、それは単に随筆風の、興味本位の書き方から来るというようなものではなく、英国の文学を極めて細心にその各要素に分解して、これを系統的に幾つかの単位に纏めた、その手際のよさから来ていることが解る。勿論その他にも、福原氏一流の、英国のエッセイを読むことで鍛え上げたともいうべき文体が、この著述の興味を生かすのに大きな役割を演じていることは疑えない。併しこの潑剌とした内容の骨組をなしているのは、そういう英国の文学に対する福原氏の理解と造詣である。

これは初めの三章、「英文学の組織」、「英文学の思想」、及び「英文学の技術」を読めば直ぐに感じられることである。チョオサア以前から現代に至るまでの英国の文学を僅か三章、四頁足らずの枚数で明快に要約し、解説するというような仕事は、文芸評論家、或は文芸史家が等しく野望する所に違いないのであるが、実際にはなかなかやれるものではないのである。それを福原氏によくなし遂げさせた氏の理解と造詣の背後には更にもっと根本的な問題として英国の文学に対する氏の温かき愛情があることも見逃してはならない。以上の三章の裏付けとして、氏がシェイクスピア、サミュエル・ジョンソン、及びラムの考察でこの書を結んでいるのは、その愛情の現れに他ならないと考える。(A6二〇〇頁・八〇円・河出書房市民文庫)

(「日本読書新聞」昭和二十六年六月十三日)

入江徳郎『泣虫記者』

どんな商売でもそれを全くありのままに、あけすけに書いたら、先ず例えば自分の息子にそんな仕事はさせたくないと思うに違いない。（文士稼業も勿論のことである）。それを別にそんな気を起すことなしに読ませるのが玄人の証拠で、これはそういう書きものの玄人が書いた本である。よく考えて見れば随分ひどい話が多い。併し面白いのが先に立って、自分の息子に云々の件は、親の身分に立ち戻ってからの感想である。

著者は新聞記者の生活と新聞記者がぶつかる現実のひどさを涙で調節している。お涙頂戴だというのではないが、ユウモアとペエソスの区別を付けるならば、ペエソスで行っている。これを徹底的にユウモアでやってもよかったのではないかとも思う。併しこれは虫がよ過ぎる注文で、新聞社の特ダネ争奪戦が展開する凄じい世界を筆で笑い飛ばすことは或は誰にも出来ないことかも知れないのである。（一八〇円・鱒書房）

（「日本読書新聞」昭和二十七年六月十八日）

阿部知二と伊藤整の作品集

阿部知二氏と伊藤整氏のどちらが先に文学界で知られた存在となったかは、調べて見れば解ることだろうが、その文学界にずっと後になって入って来た筆者自身の気持から言うと、名も同じ「文学界」という雑誌で阿部氏の『冬の宿』を毎月校正していた頃、まだ伊藤氏のことを詩人と思っていたのだから、そういう順序で頭に印象付けられている。

その両氏の作品集を一緒にして扱うことにしたのは、阿部氏、伊藤氏の何れも知的な作家としての定評があり、又何れも英文学畑の出身者である点が共通しているからである。そして同時に、この二つの点を除けば、二人は著しく異った性質の作家であって、この両方の面から二人の作品を論評することは興味ある仕事に違いない。

一口に言えば、阿部氏は日本での英文学の正統を全身に受けて成長したという感じがする作家である。併しそういうことになると、阿部氏と夏目漱石の作品の比較が必要になって、これは阿部氏の作品も、漱石の作品も生かす所以ではない。もっとここで想起したいのは、市河三喜とか、斎藤勇とかいう、その後に現れた英文学の大家の存在に支配された大学の英文学教室の空気であり、そこから阿部氏が得たもの、又それに阿部氏が反撥したものである。

『冬の宿』の「私」は、コウルリッジに就て卒業論文を書いている英文科の大学生である。阿部氏も、そういう大学生の一人ではなかったかという気がする。恐らく氏が大学の研究室から得たものは、例えばシェイクスピアの字句の解釈というようなことが意味する凡てに内省的に潔癖な性格であって、これは氏の作品集五巻を通読して見て戦後の、例えば『黒い影』のようなものに至るまで一貫して氏の作品の特色となっている。

いうまでもなく、一つの事実を確める為には何年に亘る追究も回避しない学者の覚悟が、氏の天分と結び付いたのである。それだけに、氏の作品から結論を得るのは難しい。結論の代りに、そこには文学があって、これは大学の研究室にはないものである。喘ぎながら求めるのが文学であるならば、学者は喘ぐことを知らないという感じがしてならない。そのことに阿部氏が覚えた不満が氏の文学に結実したと見ていいのではないだろうか。

伊藤氏は、若しそういういい方が許されるならば、阿部氏よりも更に精神的に英国の文学の伝統を受け継いでいる。学問としてでなくて、文学として英国の文学が持っている伝統である。まだ五巻の作品集のうち『伊藤整氏の生活と意見』を収めた第五巻が配本されただけであるが、この同じ作品集で出ることになっている『得能五郎の生活と意見』や『鳴海仙吉』を読んで見ても、そのことは歴然としている。重要なのは、この「生活と意見」の形式であって、『鳴海仙吉』で光っているのも、主人公の鳴海仙吉の行状ではなくて、その生活態度と意見を扱った部分である。

人間がすることは、大概誰でも似たり寄ったりで、そこにあのリラダンの、「生活することなんか下男に任せて置けばいい」という逆説も成立する訳である。併しその誰でも大差ない生活に対する銘々の態度と、その生活をしている間に彼等が抱く意見こそ、一人として同じでない人間が各自の個性に磨きを掛ける場所なので、そこに人間は最も生きている。人間に興味を持つものならば、先ずそこに着目するはずであり、その人間臭に親しみを感じないならば、小説など読む必要はない。又、人間をして生きていることに執着させる喜びも、ユーモアも理解することは出来ない。

そういうことを勘定に入れた伊藤氏の手法は、よくロレンス、スタアンのと比較されるが、これは英国の文学の根強い伝統の一部をなしているものであって、英国にエッセイという独特の文学形式があるのもその現れである。そしてこの精神を日本の文学で生かしたのは、それこそ夏目漱石、そして次には伊藤整氏なのである。

（「日本読書新聞」昭和二十八年二月十六日）

山本健吉『鎮魂歌』

主に前に読んだことがあるものを収めた評論集という考えがあって、軽く引き受けてしまった所が、前に読んだものも面白くてつい読み返し、それにかまけて書評を書く所までなかなか行かなかった。そして又、この頃はこういう比較的に短い評論で、再読三読の価値があるものを一冊に纏めた評論集というものが余り出なくて、殊にこの『鎮魂歌』のように感じがいい単行本の体裁をなしているものは珍しい。座右に置いて愛読することになって、益々書評など書く気持から遠ざかって行く。

ということは、逆に言えば、書くことは幾らでもあるということにもなる。この評論集を編集する際の大体の方針は、一昨年亡くなられた折口信夫氏の名作、『死者の書』に就て、それが発表された当時に山本氏が書いた「美しき鎮魂歌」と題する評論を巻頭に置き、その他、田中英光、原民喜などに対する追悼の意味を持ったものをこれと合せて「鎮魂歌」という題を生かし、同じ日本文学、又支那文学に就て山本氏が折々に発した論文で、過去の天才達の霊を慰める風格がある、落ち着いた感じのものを更に加えて一冊にしたのだと思う。

鎮魂歌というのは、我々の心を鎮めるという意味も持っている。そしてこの評論集を読んで感じることは、文学というのは本来がそういう役目を果すべきものだということである。東西の別を問わず神を祭る言葉が発達して文学になったということはその意味で頷かれるので、その後、文学は更に発達して何か別なものになったのではないのであって、我々が必ずしもいつも住んでいる訳ではない心の故郷に我々を連れ戻してくれるのでなければ、今日でも文学は意味をなさないのである——せいぜい政争の具、或いは安価な刺激剤を求める現代人に格好なものでしかない。それ故に、山本氏の本は普通に批評というものに就て人々が持っている概念を覆して文学に就て語ったものであるよりも、これが文学なのである。

従って、内容を一々取り上げて詮索するのも一つの方法ではあるが、この本に基いて一箇の文学論を展開することも出来るので、そんなことよりも、この本にこそ文学の実体があると見て、読者に各自の文学論を引き出して戴きたいものだと考えるのである。（B6変型　一八五頁・二八〇円・角川書店）

（「日本読書新聞」昭和三十年三月二十一日）

三島由紀夫『鏡子の家』

これが三島氏の最大の傑作であると言うことはできない。三十をいくつか越したばかりの小説家の作品についてそういう断定を下すのは意味をなさないのみならず、ことに三島氏のように絶えず努力して新しいものを取り出して見せる作家の場合は、その作品全体に対する期待が大き過ぎる。しかし『鏡子の家』には、三島氏が今までに書いたどの小説にもなかったものがある。

これは本格的な小説である。ということは、氏が今まで書いて来たものと違って焦点が作中の一人の人物に合わされているのでなしに、何人かの人間の間に交渉があることから生じる一つの世界がこの作品で切り取られていて、読者にとってはそこへ入って行くことが、この小説を読むことである仕組みになっている。

したがって、われわれは峻吉、収、夏雄、鏡子、光子、民子などという名前の人物に小説の初めにいきなり紹介されて、それがこのごろの小説でたびたび、経験させられる通り、ただの名前で終ることを恐れるが、この心配は実現しないで、各人物がこの小説で設定されたその運命をになうのに必要なその姿を、話が進むに連れて、そしてもっと大事なことには、その背景との関係がいっそう、密接になる形で次第にはっきりさせて行く。この進行は美しくて、われわれは小説というのが本当はこういうものだったことに改めて気がつく。

つまり、そのように無遠慮に、ただ読むだけで付き合える意味で、これは本格的な小説である。

しかしこういう作品が日本の現代文学には少ないというだけでは、まだこの作品についてのすべてを尽したことにならない。ここに登場するのはほとんど例外なしに、戦後にその二十代を過ごした男女である。いわゆる戦後の世界と、その時期に属する青春の問題がそこにあって、これは同じく戦後の小説と呼ばれるものの大部分の主題でもある。確かに、これは文学の生命であるはずの一般的な青春であるよりは、日本の戦後の青春という特殊なものであって、そのことが戦後のそういう小説の洪水を招いたに違いない。

しかしこれは、この場合もやはり三島氏が一人称ふうに書いた『金閣寺』を除いては、全く例外なしにその青春に取材したというだけのものであって、たとえば峻吉の一瞬間を、あるいは杉本清一郎のある日の行動を作品の枚数に応じて修飾したものに過ぎない。それゆえに結末というものがないから、いわゆる、戦後の小説はだれにでも際限なく書けた。しかし小説に登場する人物も、その行動や感情の責任を負わなければ、少なくとも生きている人間という印象をわれわれに与えることができない。

結局、それは『鏡子の家』が出現するまでの寿命だったので、こうして戦後の小説に終止符が打たれたということは、これはわが国の文学史上の事件である。（新潮社・第一部二九〇円、第二部二九〇円）

（「北海道新聞」昭和三十四年十月七日）

中村光夫『文学の回帰』

普通に読める批評というものが、このごろは少なくなった。ここでは、われわれが一編の紀行、あるいは小説を読むように(といっても、そういう小説や紀行も今日では、あまり見かけないが)、ただそこに書いてある言葉について行くだけで一つの独立した、この場合は批評の、あるいは思索の世界に入ることを許す、その意味で文字どおりの読物を指すので、それが外国では批評家も踏みはずしてはならない最低の一線であるからわれわれはこの『文学の回帰』を読んで、外国の本ではないかと思う。

しかしこれは日本語で、あるいはそれよりももっと大切なことは日本語の文章で書いてあって、ここで扱われているのはすべて日本のことばかりである。

言葉を離れてその内容がないことは事実であるが、その内容がなくては言葉も生じないので、われわれはそれをある批評家なら批評家がいうべきことを持っているという言葉で表わす。この本はすべて、日本についての発見で成立している。発見というのは、それまでなかったものを発明家も同様に作り出すことではなくて、そこにすでにあるのに、だれもそれまで気付かなかった、あるいは、それに必要な努力を避けていたことを取り上げて、これにはっきりした形を与えることであり、中村氏はそれをすることで、この本を書いている。

それが、この本があきらかに文芸評論の種類に属しながら、必ずしも日本の文学についてばかりでなくて、もっと広く日本とか日本人とかの面にもわたっているのは、中村氏自身がこの本を書いた意図と思われることとも関係がある。人間についてのすべてが文学の材料であるならば、その中から祖国とか、道徳とか、憂国の情とかは除外すべきだという偏見は許し難い。

巻末の「ふたたび政治小説を」にいう一編はそのことに触れて、日本文学の現状では、これも一つの大きな収穫である。（筑摩書房二九〇円）

（「北海道新聞」昭和三十四年十一月十八日）

佐伯彰一『日本を考える』

例えば、荷風の『あめりか物語』や『ふらんす物語』と佐伯氏のこの、『日本を考える』を比べるならば、明治の末期から今日までの間に日本人の洋行というのが如何に本式のものになって来たかを何よりも強く感じさせられる。その洋行という言葉は明治から大正にかけて用いられて今日では余り聞かないということはここでは問題にならなくて、日本人が外国、殊にヨーロッパやアメリカに行くということの性質はこの百年間に実質的には少しも変っていないのであるから、今日でもこの言葉を使うことが許される筈である。

確かに、明治の初期の洋行では新知識を持って帰るということが一つの大きな目的になっていて、その気慨が例えば鷗外の「独逸日記」を見事なものにしている。併し当然、その次に起こる問題は外国にあって、外国と比較して自分の国をどう思うか、それを如何に自分の国と認めるかということである筈であり、最初の新しさとそれを取り入れるのが急務であるという事態が過去のものになれば、外国で暮すということ程自分の国について考えるのに適した条件はないのであって、ただの見物、或は何か特定の目的があってのことでない限り、我々が洋行したものから何にも増して聞きたいのは彼等が外国で日本と大して違わないことをして来た話ではなくて、そこで日本がどんな風に彼等の眼に映ったかということである。荷風流にアメリカのニュー・ヨークが不夜城であること、或は花のパリが花のパリであることをいくら教えられても、荷風の時代に既に我々日本人はそれに興味を持つ域を脱していた。

或は、こういう風に言えるかも知れない。我々が外国に行ってそこの様子に惹かれ、そこでの生活に溶け込むことが出来るのは自分の国というものが自分の頭の中ではっきりしていて、それを許すだけの強固な文明の伝統が自分の国に現にあってであり、鷗外の場合にはまだそれが見られるが、この事態は漱石の外遊辺りから既に崩れ始めている。漱石はその為に悩み、それが後に彼の文明論にまで発展した。彼が外国の事情と容易に妥協しなかったからであるが、この態度を取ることが必要でありながら如何にそれが困難であるかは今日に至るまでに書かれた外国紀行の大部分が示している。佐伯氏はアメリカにあって日本のことを考え続けた。それは国粋主義者になって自分の周囲から眼を背けてではなくて、周囲の状況がそれとの比較で氏に自分の国のことを考えさせずにはいなかったからであり、この身を以ての思索で氏が書くことは真実の響きを伝え、そのことによって氏の今度の本は見事である。

従って、それは今日の日本について言うべきであって殆んどのものが黙っていることを言うことにもなり、当然、それは今日の日本で演じられている狂態に我々の注意を向けることになることを免れない。併し恐らく、こういう実証的な観察は佐伯氏が指摘している通り、刻々の瞬間から出直してそれまでの一切に頬被りをする今日の日本の風潮に従って無視され、この時局的に多くの問題を含んだ本そのものの存在も認められずに終るに違いない。そしてまた、時局的に当を得た直言を呈するというのは必要なことであっても、その必要は時局とともに消え去るということがあって、佐伯氏のこの本も、寧ろその目的に従ってこれが一つの日本論としてどれだけのものかということでその価値が決ることになる。併しそれは同じことであって、これは日本論として真実を語っているからその時局的な批評も当を得ているのであり、ここには一人の正常な精神の持主である人間が見た日本があって、それはまた、ここにこの頃は活字の上で稀にしか見ない一人の正常な日本人がいるということでもある。こういう本が書かれて得をするのは日本自体である。（新潮社刊、二四二頁、四三〇円）

（「英語青年」昭和四十一年十二月一日）

福原麟太郎『文学と文明』

自分が何かものを考えながら、その状態も合わせて自分が考えた結果を文章に表わすというのはむずかしいことである。そしてここで重要なのは、自分が現に何か考えているという事実がことばによって表現を得ていることであって、これはむずかしい仕事でも、それが行なわれていない文章には説得力がない。およそ学校の教科書から週刊誌の記事に至るまで、普通に我々に提供される出版物に直接に我々に訴えるものが何もないのは、それを書いている方での考えが初めから決まっていて、つまり、書く仕事から考える苦労がはぶかれているからである。

福原氏は氏が考えているように書く。我々もそれに釣られて読んで行くから、そうして書くのも簡単なことと思い勝ちであるが、そんなことはない。これは直ぐにことばの問題とつながることであって、ことばを使うのが不自由な人間はものを考えることもできないから、そのような人間が何か考えている状態をことばで表わす方法もない。我々はことばを使ってものを考え、我々の考え、あるいはお望みによっては、思想はことばである。恐らく、詩人という例外は別とすれば、ものを書く人間はまず考えることに苦労して、それを通してことばの使い方を覚えるのであり、思想の微妙はことばの精緻《せいち》を必ず伴って、この二つを区別することはできない。福原氏はそういう文章を書く。

ここにひとりの人間がいて、自分の過去を語り、世界を眺め、ある一つの問題と取り組んで、それが常に自分との対話になっている。現にそうである時、我々はその文章を読んでそれに付いて行かずにはいられない。当世ふうに言えば、考えさせられるということになるのだろうか。確かに、明治以後の日本には思想家がはなはだ少ないのである。

この「文学と文明」にこういう一節が出て来る。

「空漠たるコトバの世界から、適当なコトバを選び、連結を与えて、文章をつくり、文体に凝結させて、わが思うことを表明しようとすると、それは非常な困難事なのである。」

ここに書くことの困難と、考えることの困難が一つの文章で的確に言い尽くされている。それができることは福原氏がその困難を知っていて、これに打ちかって思想と表現の自由を得たことをもの語っている。その実例の一つが「文学と文明」であって、我々は福原氏の意見よりも前に、まず一箇の人間に酔う。（文芸春秋新社・五八〇円）

（掲載誌等不明、自筆原稿による）

吉田健一とその時代

解説

島内裕子

本書は『ロンドンの味』（講談社文芸文庫、二〇〇七年）に続く、二冊目の吉田健一未収録エッセイ集である。吉田健一の文業を纏めたものとしては、集英社版『吉田健一著作集』全三十巻・補巻二巻が、これまで最大の規模である。『著作集』は、吉田健一の単行本を刊行順に収めており、単行本に収められなかったエッセイは、ある程度は補巻で補充された。それでも、古い雑誌や新聞のページの中に息づいている吉田健一の文章は、たくさん残っている。

それらのページをそっと開いて、一つ、また一つと取り出して『ロンドンの味』を編んだ。それから七年の歳月を経て、いつのまにか、かなりの分量の未収録エッセイが手許に集まってきた。収集方針は、年譜類に記載されているものの、初出誌でしか読めない魅力的なエッセイを集めるだけでなく、年譜に記載されていなくとも、吉田が寄稿していた雑

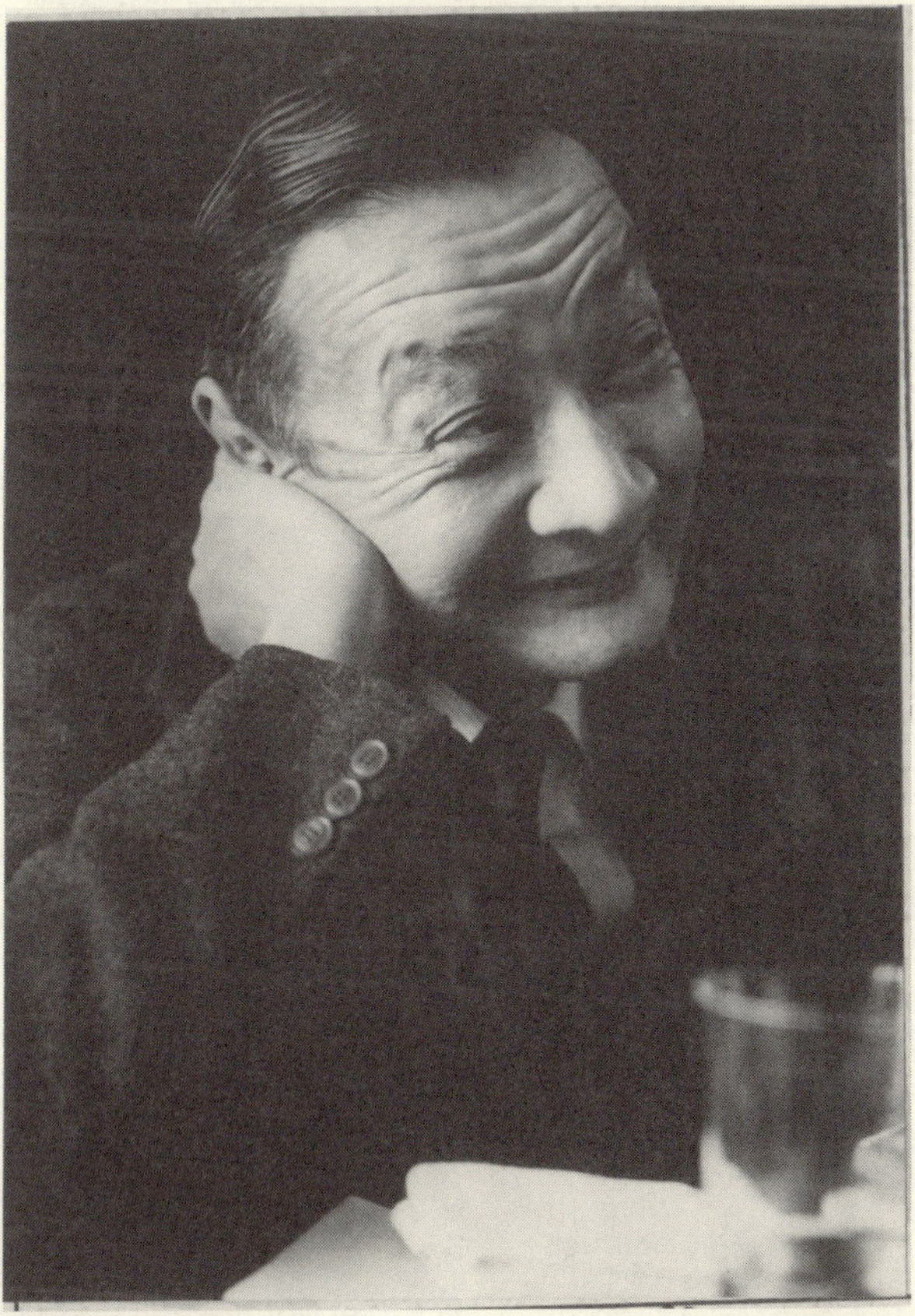

吉田健一　昭和39年4月

誌類にあたって、さらなる未収録エッセイの発掘に努めた。

それらの中からほぼ半数にあたる四十八編を選んで収めたのが、この『おたのしみ弁当』である。戦前のフランス文学に関する初期の文章や、戦後まもない頃の英文学通信、そのほかにも探偵小説や学生時代のことなどは、『英国の青年』として纏める予定である。

今回、『ロンドンの味』から一歩を進められたのは、複数の執筆者が参加した単行本の中に収められていた文章や、自筆原稿による書評を収録できたことである。また、社会時評的なエッセイも収めた。吉田健一は戦後の日本社会を、どのような思いを胸に生きたのか。彼の肉声が聞こえてくる数々の未収録エッセイは、昭和を生きた同時代人としての吉田健一を、よりいっそう身近に感じさせてくれると思う。しかもそういった時事的な文章がまったく古びておらず、今読んでも、不思議なほど新鮮な思いに搏《う》たれる。

以下、本書の配列に沿って、各編の読みどころや、掲載誌等の説明、吉田健一の他の作品との関連などを述べたい。全体は、大きく二部構成とした。Ⅰは、旅と味、若き日の回想、政治や社会のことなど、幅広い話題のエッセイからなる。Ⅱには主として、同時代の外国文学と日本文学をめぐる書評や紹介文を集めた。本書に収めたエッセイ類は、昭和二十年代前半から五十年代初めまでのものを、ほぼ年代順に配列したが、ゆるやかな纏まりを優先させたので、多少、年代が前後している箇所もある。

本書の冒頭には、旅先で味わう酒や弁当の話を二編、配置した。吉田文学が現在まで、多くの人々に読み継がれている魅力の源泉は、これらの「味わいエッセイ」にあるといってもよいだろう。江戸時代の川柳に、「つれづれの旨味《うまみ》は味噌と芋大根」という判じ物めいた句があるが、『徒然草』の本質を、たった一言に凝縮した名句だと思う。吉田文学の旨味もまさに、酒や食べ物から滲み出る。

「お酒と講演旅行」は、昭和二十八年、文藝春秋新社主催の文化講演会で各地を巡った紀行文。文壇の先輩たちの場馴れした様子と、不馴れな自分との対比がユーモラスに描かれている。また、講演旅行の途上で出会った各地の風土と酒を、いきいきと楽しげに描く。おそらくこのエッセイが機縁となって、昭和三十二年から『文藝春秋』誌に、新潟・大阪・金沢・酒田などを訪ねて、酒や食べ物を味わう「舌鼓ところどころ」が連載されたのであろう。

それにしても、「お酒と講演旅行」から沸き上がる、当時の聴衆の熱気はどうだろう。多くの見知らぬ人々と直《じか》に接したこの体験記は、教養人・読書人としての吉田健一に、「書物の中から人の中へ」という新しい世界を開いた、記念すべきエッセイでもある。

二番目に置いた「おたのしみ弁当」は、新出エッセイである。『駅弁パノラマ旅行』という単行本に掲載されていた。料理雑誌『クック』の編集で、新書判を一回り大きくしたようなサイズの二三〇ページほどの本である。「あとがき」によれば、若い人たちを想定して、「旅行ケースにしのばせてもらえるように」願って、編集したという。全国の主要駅弁一〇〇選がカラーで紹介され、詳しい説明文には価格も記されており、便利な実用書である。この本の末尾に「随筆＝わたしの駅弁案内」という章があって、串田孫一・鴨居羊子・谷内六郎など多彩な顔ぶれで、合計十六人のエッセイが載っている。

吉田健一の「おたのしみ弁当」はごく短いものだが、吉田ならではの無邪気とさえ言えるエッセイである。これほど心豊かな楽しい文章が年譜にも記載されず、今まで知られていなかったのだ。「こけおどしのものが一つもなくて」、「食べられそうなのだけ食べてしまって後は残してしまうということをしないですみ、見渡す限り食べられるのが楽しみである」というおたのしみ弁当は、吉田文学そのものと言ってよいのではないだろうか。このエッセイを吉田健一からのこよなき贈り物として、題名としたゆえんである。

『駅弁パノラマ旅行』が刊行された昭和三十九年は、十月に東海道新幹線が開業し、同じ月には東京オリンピックが開催された。人々が気軽に旅に出て楽しめる時代が、現実のものとなった。と同時に、あらゆる面でスピード化の時代に突入した。『駅弁パノラマ旅行』の巻頭座談会でも出席者たちが、鉄道の近代化によって列車の停車時間が短くなり、駅弁も買いづらくなったことを歎いている。我と我が身に、じっくりと向き合うことが希薄になる風潮の中で、そういう時代に異議を唱え、辛辣な文明批評をユーモアにくるんで、読者の心に到達するエッセイを伸びやかに書いたのが、戦後の吉田健一だった。

しかし、そのような融通無碍な彼も、若い頃には人一倍悩み多き青年だった。「若き日の思索」を初めて読んだ時、「今から思うと、よくあんなに毎日くよくよのし続けで」とか、「もっと楽な気持でいたら、あんな暗い顔付きをして毎日を過さずに」などという言葉に胸を衝《つ》かれた。けれども、「退屈や倦怠は若い時の最も切実な感情の一つなのであって」という言葉は、「つれづれなるままに、日暮らし硯に向かひて」という『徒然草』の序段と遠く響き合い、古典と近代が地続きであることを気づかせてくれる。

「ファウストによる開眼」は、「日本読書新聞」に掲載された短いエッセイだが、『ファウスト』第二部第一幕で文学に開眼したという言葉もまた、吉田文学の秘密を解く鍵であろう。このあたりや、本書に収めた他の『ファウスト』論も含めて読むと、吉田の小説『本当のような話』の冒頭部、民子が朝日を覚まして、自分の過去の出来事を回想し、新たな人生を踏み出すことを自覚するシーンの背景が浮かび上がってくる。

そう言えば、先の「若き日の思索」末尾近くに出てくる、「人間は何も自分が生きているのを悲しく思うことはないのだという事実に、さんざん悲しい思いをした挙句に気が付いたと言ってもよさそうである」というのも、まるで民子の言葉かと、聞き紛う。「若き日の思索」や「ファウストによる開眼」など、若き日の回想エッセイは、『本当のような話』の美しきヴィーナス、民子の誕生を予見させずにはいない。

以上の四編に引き続くエッセイ群、すなわち「ラジオを持っていない話」から「政治が澄むとき」までは、時代の風潮を論じる点で共通している。順を追って読んでゆくと、当時の世相や政治の情況、日常生活の変化などがよくわかる。発表の舞台も、「日本読書新聞」や「出版ニュース」など、文筆活動の基盤となる媒体だけでなく、経済誌や業界誌などにも広がっている。

「放送文化」に書いているのに、「ラジオを持っていない話」というのは意外だが、父吉田茂のことにも触れてユーモアに富み、本書でその次に配列した「吉田内閣を弁護する」とも内容的につながる。

この「吉田内閣を弁護する」は、『落日抄』(昭和四十二年刊)に収録されていたが、『定本落日抄』(昭和五十一年刊)の時点で切り出されたので、『著作集』には入っていない。しかし、このエッセイは、Iの最後に載せた新出エッセイ、「政治が澄むとき」と併せ読むことによって、新たな様相を帯びてくる。政治とは現実そのものであるがゆえに、吉田健一にとっては、政治の明澄性こそが実現すべき理想として常にあった。その背後には、父吉田茂だけでなく、母方の祖父牧野伸顕への追慕もあるだろう。

「郵政」掲載の「憩いの場所」「年末とクリスマス」は、どちらも日常生活のひとこまをテーマに、当世の風潮を論じている。郵便に関する話題とは関わらないが、これらを読んでいて、ふと、吉田健一は他にも「郵政」にエッセイを書いているのではないかと思った。『書き捨てた言葉』(『著作集』第十一巻所収)に出てくる初出未詳のエッセイ「昔の町」は、「今、郵政省の建物がある麻布辺は、昔は閑かな町だった」という書き出しで始

昭和34年　中村光夫（右）と

まるのが、以前から何となく気になっていたからである。調べてみると、果たして「郵政」の昭和三十三年四月号に掲載されていた。また、『定本落日抄』(『著作集』第二十八巻所収)に収められた「閑文字」は、発表年月は昭和三十八年三月、初出は未詳となっている。これもまた、初出は「郵政」で、発表は四月号だった。吉田は何度も「郵政」に書いていたのだ。こんな小さな発見もあって、未収録エッセイ探索の楽しみは尽きない。

「主張が多過ぎる」は「労働文化」に発表したもので、掲載欄は「わたしの主張」というコーナー。だから、主張が多過ぎるというのがわたしの主張であるというこの文章は、ずいぶんと捻りを利かせたエッセイである。

「金銭について」はかなり長いものだが、年譜に掲載されておらず、これまで吉田の著書に収められていなかった。これは『私の人生ノート』という単行本に収められていた。もともとは、「サンデー毎日」に四週にわたる連載である。『私の人生ノート』の執筆者は、吉田の他に、戸川行男・桶谷繁雄・大岡昇平・阿部艶子・石川淳・武田泰淳・鈴木信太郎・桑原武夫である。このように多数の執筆者からなる単行本所収の文章は、その存在が見落とされやすい。

「流行の心理学」は、「婦人公論」に掲載された。『字源』という漢和辞典のことから書いているのが珍しかったので、わが家にあった『字源』を取り出して、ぱらぱらと眺めていたところ、末尾の図版の中に、最初の翻訳書であるポーの『覚書(マルジナリア)』や、それに続くヴァレリイの『精神の政治学』『ドガに就て』などで、吉田健一が検印として使用した印章と同じ図柄の「漢瓦」が出ていて驚いた。この印章は、『吉田健一著作集』の各巻奥付のマークとしても印刷されており、丸い枠の中に「樂」の字が書かれている。なお、「婦人公論」には、Ⅱに収めたロレンスの書評も掲載されている。

その次の「食べものと流行」が掲載された「装苑」は、洋裁の型紙が付録に付く、若い女性向けのおしゃれなファッション雑誌で、ここに吉田健一のエッセイが載っていたのは意外だった。その頃だったら、この雑誌を読んでも、きれいな写真記事にばかり目を奪われて、気づかなかったろう。今だからこそ、楽しんで読める。

「身辺雑記」は、最後の方で「身辺と言えば、そんな考えが身辺に転がっているばかりである」と書いて謙遜しているが、何の変哲もない、またそれだけに、書くのが難しいテーマであっても、吉田健一の筆はごく自然に動き出す。おそらく、発表誌が「英語と英文学」であることからの連想で、アメリカ人の友達が漢詩の一節を書いて送ってくれたことを書いたのだろう。このような思いがけない書き方に惹かれて読んでゆくうちに、自然とこちらの心が伸び伸びとしてくるのが魅力で、読者を知らず知らずのうちに桃源郷に連れて行ってくれる。ちなみに、このエッセイの一年後に書かれた「ドナルド・キイン氏のこと」（『定本落日抄』所収）を読むと、この友達はドナルド・キーン氏のことではなかったろうか……。

「Ｂｉｔ」に掲載された「思い出」も、掲載誌が電子計算機関係の専門誌であることからの連想で書き出しが決まったのだろう。ロンドンの地下鉄で見た、電子計算機学校の広告のことから紡ぎ出された思い出のひとこまで、新出エッセイである。

「騒音の防止に就て」は、戦後の時代風潮全体にわたる批判に広げた点で、『時をたたせる為に』所収の「騒音」の先蹤のようなエッセイである。

Ⅰの締めくくりに置いた「政治が澄むとき」についてはすでに触れたが、これが掲載された昭和五十二年二月から半年後に、吉田健一は亡くなった。最晩年の静かな語り口に、耳を傾けたい。

この他にⅠに収録した二編、「巴里・天津・赤坂」と「匿名批評」は、『著作集』の年譜では部分的な紹介なので、本書で改めて全文を掲載した。

Ⅱに集めた文章は、文学論・作品論・書評にグループ分けして、それぞれの中で掲載順に配列した。『日本読書新聞』の未収録書評を多く集めた。

「一つの見方に就て」は、美術論であると同時に文学論であり、小林秀雄の『近代絵画』を思わせるような広がりが感じられる。このようなエッセイにも、マラルメや長田幹彦訳のアンデルセンといった、若い頃からの愛読書が出てくるのが、いかにも吉田らしい。

「評論の文章構成」は新出の評論である。批評文学の先達である河上徹太郎と小林秀雄の二人に導かれるようにして文学形成した、吉田自身の歩みもおのずと語っている。

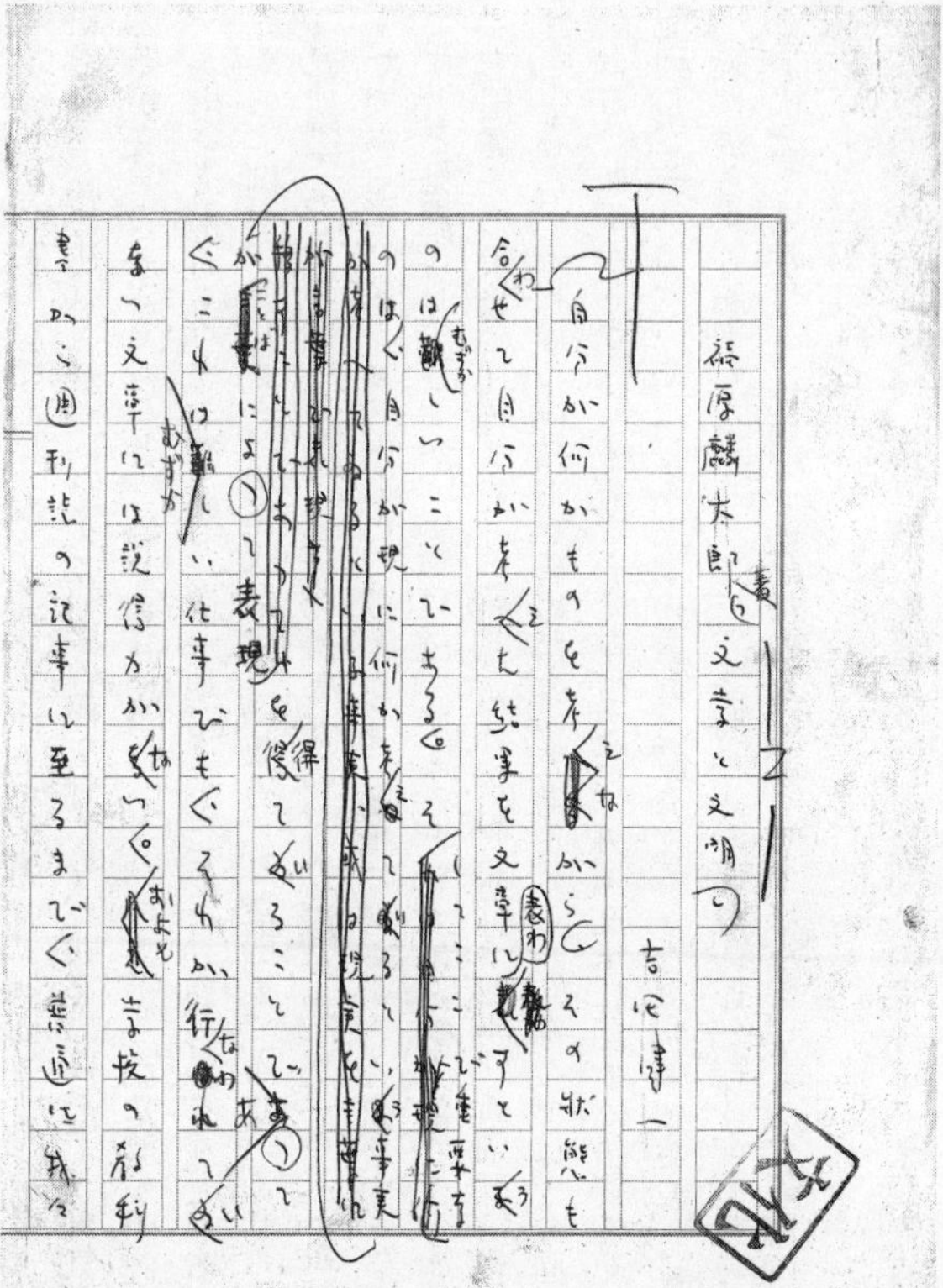
福原麟太郎著「文学と文明」
吉田健一
自分が何かものを考へながら、その状態も
合はせて自分が考へた結果を文章に表はすといふ
のは難しいことである。

福原麟太郎『文学と文明』の書評（p242）の自筆原稿

「文学の実体について」は、ごく短いエッセイだが、いわゆる文学研究者たちに対する違和感が率直に述べられていて、「我々の夢を育くみ、我々に夢を追う勇気を与えること」こそが文学の実体であると、はっきり述べている。そのような基準が明確である時、アンデルセンも漱石もヴァレリイも、同一地平線上に並び、親しい存在となる。

その実例が、『名作をいかに読むか』に収められた五編である。これらの文章の初出は『著作集』の年譜にもあるように、読売新聞の文化欄に掲載された「批評的ダイジェスト」である。ダイジェストという言葉から、簡単にあらすじを書いた小さな記事かと思ってずっと見過ごしてきたが、実際に読んでみると驚くほど魅力的な文学エッセイだった。

吉田健一の没後に刊行された『読む領分』（昭和五十四年、新潮社）は、文庫解説や書評を中心に、未収録の作品論を纏めたものである。しかしそこでは、今回のような短い書評はごくわずかしか入っていない。本書では、外国文学に関する書評や紹介文を発表順に配列し、それに次いで、日本文学の書評と紹介文もかなり掲載できた。これらの書評は、小説に限らず評論書も含まれていて、当時の、つまり、昭和二十年代から五十年代に至る文学状況を見渡せる。これらを読むことによって、私たちもまた、昭和の戦後文学世界を生き直すことができる。

本書の最後に置いた、福原麟太郎著『文学と文明』の書評は、架蔵の吉田健一の自筆原稿によった。この文章は、福原麟太郎の著書への書評であると同時に、思索と執筆のかかわりを、実感をもって深く書いている点で、吉田文学の自画像でもあろう。

吉田健一の文章の独特な呼吸は、彼の思索の跡を明確に示しているので、その息づかいのリズムを読者はわがものとして辿りながら、彼とともに生きることができる。吉田健一が生きた時代は、今も私たちとともにある。

年譜

吉田健一

一九一二年（明治四五年・大正元年）
三月二七日、イタリア大使館三等書記官吉田茂（後の内閣総理大臣）の長男として東京・千駄ケ谷に生まれる。母は牧野伸顕の長女雪子。桜子、和子、正男の四人兄妹。大正七年の父の中国行きまで牧野邸で育てられる。

一九一八年（大正七年）　六歳
四月、学習院初等科に入学。父の中国山東省済南領事赴任にともない、青島に転住。

一九一九年（大正八年）　七歳
パリ講和会議全権委員牧野伸顕の随員として父が渡仏。遅れて家族とともにパリ着。翌年夏まで滞在し、深い印象を受ける。

一九二〇年（大正九年）　八歳
六月、父がイギリス大使館一等書記官として赴任するのに従い、ロンドンに転居。ストレタム・ヒルの小学校に通学。

一九二二年（大正一一年）　一〇歳
五月、父が中国天津総領事として赴任したのに従い、天津に住む。市内のイギリス人小学校に通学。

一九二六年（大正一五年・昭和元年）　一四歳
帰国し、暁星中学校二年生に編入。同級生に二世尾上松緑、桶谷繁雄がいた。

一九三〇年（昭和五年）　一八歳
三月、暁星中学校を卒業。ケンブリッジ大学留学のために渡英。受験勉強のため、シェイクスピアの『十二夜』を暗記。後に同作品はもっとも愛読した作品となった。後に同作品はジ、キングズ・カレッジに入学し、プラトン学者G・ロウェス・ディッキンソンに師事。冬休み期間中パリに遊び、ルーブル美術館に通う。この頃、ボードレール、ヴァレリイに目を開かれる。

一九三一年（昭和六年）一九歳
二月頃、文学に生きるには日本に住むべきというディッキンソンの教えに従い帰国する。世田谷区桜新町に牧野家から手配された年配の女中と居住。母の従弟伊集院清三を介して河上徹太郎、小林秀雄等を知る。

一九三五年（昭和一〇年）二三歳
六月、帰国後に入学したアテネ・フランセを卒業。一一月、ポオの『覚書（マルジナリア）』を訳述し、芝書店より刊行。

一九三六年（昭和一一年）二四歳
七月、アンドレ・シュアレスの「独裁政治と独裁者」を訳述し、『文学界』に発表。九月、ジャン・グルニエの「正統派の時代」を訳述し、『文学界』に寄稿。

一九三七年（昭和一二年）二五歳
親許を離れ世田谷区北沢に弟の正男と住み、近隣の横光利一と交友。四月、『文学界』の海外文学欄に執筆し、以後しばしば同コラムに寄稿。夏、中村光夫を知る。

一九三八年（昭和一三年）二六歳
前年につづいて『文学界』の海外文学欄に執筆。三月、アンドレ・ジイドの「日記」を翻訳し、『文学界』に寄稿。六月から七月まで、ヴァレリイの「ドガに就て」を『文学界』に訳載。

一九三九年（昭和一四年）二七歳
一月、「ラフォルグ論」を『文学界』に発表。三月から四月まで、ヴァレリイの「知性に就て」を『文学界』に訳載。八月、伊藤信吉、山本健吉、中村光夫等と『批評』を創刊し、名義上の編集・発行人となる。一〇月、前年の翻訳「ドガに就て」の続稿を「舞踏に就て」と題して『文学界』に発表。一一月、「ハックスレイに就て」を『批評』に発表。一二月、「ドガに就て」の続稿「術語について」を『批評』に訳載。

一九四〇年（昭和一五年）二八歳
一月、「ヴァレリイの詩」を『批評』に発表。二月から六月まで、「ドガに就て」を『批評』に訳載。四月から、『批評』の編集を担当する。八月から九月まで、小説「過去」を『批評』に寄稿。

一九四一年（昭和一六年）二九歳
三月から一一月にかけて、リットン・ストレーチェイの「高僧マンニング伝」を七回にわたり『批評』に訳載。五月、大島信子と結婚。六月、「近代の東洋的性格に就て」を『新潮』に発表。九月、「英国の詩に就ての一考察」を『文学界』に発表。一〇月七日、母雪子死去。一二月、ヴァレリイの「レオナルド・ダ・ヴィンチ方法序説」を『批評』に訳載。

一九四二年（昭和一七年）三〇歳
一月、ヴァレリイの「レオナルド・ダ・ヴィンチ方法序説」の続篇を五月まで三回、『批評』に訳載。「文芸時評」を『批評』に発表。二月から一二月にかけて四回にわたり、ポオの「マルジナリア」を『批評』に訳載。六月、「『近代の終焉』に関する随想」を『批評』に発表。七月、「ボオドレエルの詩」を『批評』に発表。九月一二日、長男健介生まれる。一二月、「森鷗外論」を『文学界』に発表。

一九四三年（昭和一八年）三一歳
一月、文京区小日向台町の妻の実家に移る。この頃より、国際文化振興会翻訳室に勤務。前年につづいてポオの「マルジナリア」を

『批評』に訳載。二月、「文明開化の精神」を『批評』に発表。五月、「古典に就て」を『批評』に発表。八月、牛込区払方町三四番地に転居。「英米文化の実体」を『新潮』に発表。

一九四四年（昭和一九年）　三二歳

四月、「鷗外の歴史文学㈠」を『批評』に発表。『ポオル・ヴァレリイ全集』第三巻「テスト氏・楽劇」を分担訳。一一月、戦時下の同人雑誌統合命令に従い廃刊した『批評』を『批評Ｉ』として刊行し、「鷗外の歴史文学」を発表。

一九四五年（昭和二〇年）　三三歳

三月、払方町の家が空襲で焼け、発送直前の『批評』も焼失する。一時、永田町にあった父茂の家に同居。五月、妻信子の縁故を頼り福島県河沼郡に疎開。同地で召集令状を受け、横浜海兵団に二等主計兵として入団。八月二四日、復員。一〇月二三日、長女暁子生まれる。

一九四六年（昭和二一年）　三四歳

志賀直哉の発案による『牧野伸顕回顧録』のため、春から中村光夫とともに千葉県に在住の牧野をたびたび訪れ、回想を口述筆記、これを整理し書き直したものに牧野が訂正加筆して原稿を完成し、『文藝春秋』に連載。五月、鎌倉市稲村ケ崎に転居。年末に鎌倉市二階堂に転居。この年、『新夕刊』の発刊にともない、同社の渉外部長に就任。

一九四七年（昭和二二年）　三五歳

一月、鎌倉市東御門に転居。四月、「十二夜」を『批評』シェイクスピア特輯号に発表。この年、鎌倉アカデミアで英文学を講義。

一九四八年（昭和二三年）　三六歳

二月、「ボオドレエルの近代性」を『表現』に、「中原中也論」を『文学界』に発表。三月、「古典性と近代性――『悪の華』をめぐりて1」を『批評』ボオドレエル特輯号に発表。七月、「ポオの完璧性」を『文学界』に発表。一一月、「チェーホフのリアリズム」と「感想——耕氏の作品のことなど」を『批評』に発表。

一九四九年（昭和二四年）　三七歳

四月、国学院大学非常勤講師として文学概論を講じる。五月、「シェイクスピアの悲劇と喜劇」を『文芸』に発表。八月、「ロメオとジュリエット」を『表現』に発表。一〇月、「『リュシアン・ルウヴェン』について」を『批評』に発表。

一九五〇年（昭和二五年）　三八歳

五月、「ハムレット」を『展望』に発表。六月、「ケンブリッジの大学生」を『文芸』に発表。七月、文芸時評「翻訳小説と翻訳者」を『人間』に発表。八月、レッドマンの「福祉国家としての現代英国」を『文藝春秋』に訳載。九月、「象牙の塔を出て」を『新潮』に発表。一〇月、「イギリスの芝——スポーツと私」を『文藝春秋』増刊号に発表。一一月、「詩について」を『展望』に発表。一二月、「ロレンスの思想」を『群像』に発表。

一九五一年（昭和二六年）　三九歳

三月、「通俗文学として見たシェイクスピアのオセロ」を『群像』に、「考へる人」を『新潮』に発表。五月、「ユトオピア文学」を『人間』に発表。同月八日、D・H・ロレンス著、伊藤整訳『チャタレイ夫人の恋人』をわいせつ文書とする第一回公判が東京地裁で開廷され、公判過程において弁護側証人として出廷。八月から一一月にかけて、「寸言集」を『文藝春秋』に執筆。一〇月、エリオット著『文化とは何か』（深瀬基寛訳）の書評を『日本読書新聞』に発表。「エリザベス時代の演劇」を『演劇』に発表。一一月、「リヤ王論」を『演劇』に発表し、翌月完結。一二月、「旅の道連れは金に限るといふ小話」を『文藝春秋』増刊号に発表。同月頃から、『東京新聞』の匿名欄「大波小波」に「禿山頑太」他の筆名で寄稿を開始。

一九五二年（昭和二七年）四〇歳

三月、「クレオパトラ」を『文学界』に発表。八月、『文学界』の誌上座談会「世界文学の現状」に出席。九月、「エリオット」を『英語英米文学講座』第五巻（河出書房刊）に寄稿。一〇月から一二月にかけて、「小説月評」を『文学界』に発表。

一九五三年（昭和二八年）四一歳

一月四日、新宿区払方町三四に転居する。ブドウ・スワニィゼの「叔父スターリン」を『中央公論』に訳載。二月、『群像』の誌上座談会「言論の自由」に出席。「宰相御曹司貧窮す」を『文藝春秋』増刊号に発表。三月、「シェイクスピアの性生活」を『新潮』に発表。六月、「硝煙と軍靴の後に来るもの――大岡昇平の人と作品」を『別冊文藝春秋』に発表。八月三日、英国外務省情報部の招待で池島信平、河上徹太郎、福原麟太郎とともに渡英。一〇月、初めての講演旅行で訪れた酒田の地酒が気に入り、以後、毎年のように秋には酒田・新潟への旅行を楽しむ。一一月、「英国紳士の対日感情」を『新潮』に発表。「英国点描」を『群像』に発表。一二月、「お酒の講演旅行」を『文藝春秋』に発表。

一九五四年（昭和二九年）四二歳

一月、新宿区払方町三四の同番地内に自宅を新築し移る。小説「春の野原」を『文芸』に発表。同月から三月まで、「T・S・エリオット」を『あるびよん』に連載。三月、「宰相御曹司家を建つ」を『文藝春秋』に発表。「横光利一『書方草紙』など」を『図書新聞』に発表。五月、「このエピキュリアンを見よ」を『文学界』に、「宰相と文学」を『群像』に発表。同月から九月まで、「東西文学論」を『新潮』に連載。一一月、「吉田内閣を弁護する」を『中央公論』に発表。同月から翌年二月まで、「文士外遊史」を『文学界』に三回連載。
一九五五年（昭和三〇年）四三歳
一月、「女と社交について」を『文藝春秋』に発表。二月、小説「酒宴」を『文芸』に、「大衆文学の昇華」を『文学界』に発表。四月、小説「診断書」を『文学界』に発表（六月完結）。五月、「ハムレットに就て」を『文学界』に、「先駆者横光利一」を『文芸 横光利一読本』に発表。八月、小説「百鬼の会」を『文学界』に、「万能選手・福田恆存」を『別冊文藝春秋』に発表。九月、「ロレンスとミラー」を『知性』に発表。一二月、「女子大は撲滅すべきか」を『文藝春秋』に発表。
一九五六年（昭和三一年）四四歳
二月、「保守党の任務」を『中央公論』に発表。四月、「本当の話」を『中央公論』に発表。同月一八日から、「乞食王子」を『西日本新聞』に連載（七月二七日完結）。文学界新人賞の選考委員となる。六月、「時代を超える直哉日記」を『文学界』に寄稿。一〇月から一二月まで、「今月の問題作」を『文学界』に発表。
一九五七年（昭和三二年）四五歳
一月、「作法無作法」を『オール読物』に連載（一二月完結）。『シェイクスピア』で第八回読売文学賞（評論伝記部門）を受賞。六月まで、『朝日新聞』の〈きのうきょう〉欄に執筆。三月、「舌鼓ところどころ」を『文藝春秋』に連載（三三年三月完結）。「甘酸っぱい味」を『熊本日日新聞』に連載（六月完結）。一〇月、「逃げる話」を『群像』に発表。一二月、『日本について』で第四回新潮社文学賞を受賞。
一九五八年（昭和三三年）四六歳
一月、「ひまつぶし」を『婦人画報』に連載（一二月完結）。六月、「日本人であることの不安について」を『文藝春秋』に発表。八月、「日本語の行方」を『群像』に発表。一〇月、大岡昇平等と季刊誌『声』を創刊し、「イエイツ――英国の近代文学1」を掲載。

一九五九年（昭和三四年）四七歳

一月、小説「辰三の場合」と「エリオット――英国の近代文学2」を『声』に発表。三月、河上徹太郎との対談「文学・文壇・文士」が『早稲田文学』に掲載される。四月、「ロレンスとジョイス――英国の近代文学3」を『声』に発表。七月と一〇月に、「文学概論――言葉に就て」を『声』に発表。八月、「戦後の文学」を『群像』に発表。

一九六〇年（昭和三五年）四八歳

一月、「詩に就て――文学概論3」を『声』に発表。四月、小説「流れ」と「詩に就て――文学概論4」を『声』に発表。五月、「文士の発言」を『文学界』に寄稿。六月、「交友断片」を『群像』に発表。七月、「散文に就て――文学概論5」を『声』に発表。一〇月、「翻訳論」を『声』に発表。『吉田健一著作集』が垂水書房より刊行開始（一六回刊行したところで中絶）。

一九六一年（昭和三六年）四九歳

一月、小説「出廬」を『声』に発表。「横道に逸れた文学論」を『文学界』に連載（六月完結）。二月、「考へる人――ある時代の横光利一」を『新潮』に発表。四月、「大衆文学時評」を『読売新聞』に連載（四〇年六月完結）。六月、綺譚「生きてゐる翼竜」を『別冊文藝春秋』に発表。七月、小説「残光」を『小説中央公論』に発表。一二月、「ペンと鉛筆と毒」を『別冊文藝春秋』に発表。

一九六二年（昭和三七年）五〇歳

三月、冒険綺譚「史上最大の怪魚」を『別冊文藝春秋』に発表。五月、「擬態について」を『中央公論』に発表。六月、「二種類の文学」を『風土』に発表。冒険綺譚「世界の珍鳥」を『別冊文藝春秋』に発表。八月、「文学の位置」を『文学界』に寄稿。一一月、小説「空蟬」を『文芸』に発表。
一九六三年（昭和三八年）五一歳
四月、中央大学文学部教授に就任し、英文学を講じる。七月、「久保田万太郎の文学」を『中央公論』に発表。八月、ニューヨーク大学での国際比較文学年次大会シンポジウム「文学史と文芸批評」に日本代表の一人として参加。
一九六四年（昭和三九年）五二歳
一月、「諷刺と笑ひ――スウィフトをめぐって」を『世界』に発表。五月、新宿区払方町三四の敷地内に現在の家を新築。一〇月、「心掛け」を『文学界』に発表。一一月、「『みやび』の伝統」を『展望』に発表。
一九六五年（昭和四〇年）五三歳
三月、「芸術論」を『文学界』に発表。五月、J・クレランドの「ファニー・ヒル」を訳述し、『文芸』に掲載。一二月、「騒音」を『文学界』に発表。
一九六六年（昭和四一年）五四歳
一月、「文学の楽しみ」を『文芸』に連載（一二月完結）。二月、「文学は道楽か」を『展望』に発表。八月、「言葉――文学の効用」を『文学界』に発表。一〇月、「批評」を『展望』に寄稿。
一九六七年（昭和四二年）五五歳
三月、「挽歌」を『文学界』に発表。四月、小説「贅沢な話」を『文芸』に発表。九月、「大デュマの美食」を『別冊文藝春秋』に発表。一〇月二〇日、父吉田茂死去。一二月、「ああ海軍百分隊」を『別冊文藝春秋』に発表。
一九六八年（昭和四三年）五六歳
二月、原書房版『吉田健一全集』が刊行開始。四月、「読書」を『文学界』に発表。七月、「余生の文学」を『季刊芸術』に寄稿。

九月、「現実と非現実の間で——『不意の声』をめぐつて」を『文学界』に発表。
一九六九年（昭和四四年）　五七歳
三月、中央大学文学部教授を辞職。六月、「浪漫主義」を『学鐙』に発表。七月、「ヨオロツパの世紀末」を『ユリイカ』に連載（四五年六月完結）。九月一二日より、「英文学巡礼」を『読売新聞』に五回連載。
一九七〇年（昭和四五年）　五八歳
四月、「言葉といふもの」を『季刊芸術』に発表。七月、小説「瓦礫の中」を『文芸』に発表。八月、「六会式」を『小説新潮』に、「文化の手触り——今日の日本文化の印象」を『展望』に発表。一〇月、小説「町の中」を『すばる』に、小説「人の中」を『海』に発表。一一月、『ヨオロツパの世紀末』で第二三回野間文芸賞を受賞。一二月、「金沢」を『暮しの手帖』に発表。
一九七一年（昭和四六年）　五九歳
一月、小説「画廊」と「一頁時評」を『文芸』に発表。「一頁時評」は一二月まで連載。二月、『瓦礫の中』が〈野放図に知的に戦後知識人を浮き彫りにした作品〉（山本健吉評）として第二三回読売文学賞・小説賞に輝く。同月四日から、「私の食物誌」を『読売新聞』に連載（一二月二六日完結）。「文学が文学でなくなる時」を『すばる』に連載（一一月完結）。三月、小説「絵空ごと」を『文芸』に発表。四月、「ランボオの詩」を『ユリイカ』臨時増刊号に寄稿。八月、「書架記」を『中央公論』に連載（四七年九月完結）。一二月、『朝日新聞』の「文芸時評」を担当（四七年一一月まで）。
一九七二年（昭和四七年）　六〇歳
三月、「探すのではなくここにあるもの」を『すばる』に発表。五月、「ヨオロツパの人間」を『新潮』に連載（四八年四月完結）。六月、『CRETA』に「時をたたせる為に」

の連載を始める。七月、「交遊録」を『ユリイカ』に連載（四八年六月完結）。九月、小説「本当のような話」を『すばる』に発表。

一九七三年（昭和四八年）六一歳

三月、「新聞記事にならないことに就て」を『すばる』に発表。四月、「金沢」を『文芸』に発表。五月、小説「東京の昔」を『海』に連載（一一月完結）。同月五日から四回連載で「読むための栞」を『読売新聞』に掲載。九月、「或る国語に就て」を『学鐙』に、「本が語つてくれること」を『すばる』に発表。

一九七四年（昭和四九年）六二歳

一月、連作小説「旅の時間」をほぼ隔月連載で『文芸』に発表（五〇年五月完結）。同月九日から、『読売新聞』の〈東風西風〉欄を担当（六月二六日まで）。六月、小説「埋れ木」を『すばる』に発表。七月、「沼の記憶」を『海』に、「自由について」を『中央公論』に発表。

一九七五年（昭和五〇年）六三歳

一月、小説「山野」を『海』に発表。「時間」を『新潮』に連載（一二月完結）。四月、「何も言ふことがないこと」を『文芸展望』に、「P・G・ウッドハウス」を『学鐙』に寄稿。五月、「旅の時間――京都」を『文芸』に発表。六月、『文芸』の「読書鼎談」に出席（高井有一・藤枝静男と）。同月四日、英国旅行に出発し、七月一三日に帰国。九月、「昔話」を『ユリイカ』に連載（五一年八月完結）。一二月、「思ひ出すままに」を『すばる』に連載（五一年二月完結）。

一九七六年（昭和五一年）六四歳

一月、小説「木枯し」を『文芸』に発表。同月、連作小説「怪奇な話」を『海』にほぼ隔月連載（五二年六月完結）。五月、「わが博物記」を『ちくま』に三回連載。八月、小説「一人旅」を『文芸』に発表。九月、「変化」を『ユリイカ』に連載（五二年六月完結）。

一九七七年（昭和五二年）　六五歳
一月、小説「町並」を『文芸』に発表。二月、「読む領分」を『新潮』に連載（八月まで）。五月二五日、英国旅行に出発。ロンドン滞在中に風邪をひき、軽い肺炎症状を起こす。六月二五日、空路パリ入りし、留学中の長女暁子に会う。体調不良を押して帰国。七月一四日、築地聖路加国際病院に入院し、二三日、退院。八月三日午後六時、肺炎のため新宿区払方町三四の自宅で逝去。石川淳は〈英語のできる人は多いが彼のは英国文明を理解し、英国人そのものになり切ったような英語であった。なんとも残念だ。〉とその死を惜しんだ。同月四日、近親者、友人のみで仏式の通夜を自宅で行う。五日、密葬。一〇月、小説「桜の木」が絶筆として『すばる』第三一号に掲載された。

現在、吉田健一は横浜市久保山墓地の吉田家の墓所に眠る。

（藤本寿彦　編）

本書は、吉田健一のエッセイ四十八篇を二つのグループに分け、各エッセイの文末に出典を掲出しました。本文は、新漢字新かな遣いによる表記に改め、ふりがなを適宜増減しました。本文中明らかな誤植と思われる部分は正しましたが、原則として出典に従いました。また、本文中、今日からみれば、不適切と思われる表現がありますが、作品の書かれた時代背景、作品の価値および著者が故人であることなどを考慮し、そのままとしました。よろしくご理解のほどお願いいたします。

おたのしみ弁当《べんとう》　吉田健一《よしだけんいち》未収録《みしゅうろく》エッセイ
吉田健一《よしだけんいち》

二〇一四年一月一〇日第一刷発行
二〇二三年五月一九日第四刷発行

発行者――鈴木章一
発行所――株式会社　講談社
東京都文京区音羽2・12・21　〒112-8001
電話　編集（03）5395・3513
販売（03）5395・5817
業務（03）5395・3615

デザイン―菊地信義
印刷――株式会社KPSプロダクツ
製本――株式会社国宝社
本文データ制作―講談社デジタル製作

定価はカバーに表示してあります。

講談社
文芸文庫

ISBN978-4-06-290218-2

講談社文芸文庫

青木淳選	建築文学傑作選	青木淳——解
青山二郎	眼の哲学|利休伝ノート	森孝——人／森孝——年
阿川弘之	舷燈	岡田睦——解／進藤純孝——案
阿川弘之	鮎の宿	岡田睦——年
阿川弘之	論語知らずの論語読み	高島俊男——解／岡田睦——年
阿川弘之	亡き母や	小山鉄郎——解／岡田睦——年
秋山駿	小林秀雄と中原中也	井口時男——解／著者他——年
芥川龍之介	上海游記|江南游記	伊藤桂一——解／藤本寿彦——年
芥川龍之介 谷崎潤一郎	文芸的な、余りに文芸的な|饒舌録ほか 芥川vs.谷崎論争 千葉俊二編	千葉俊二——解
安部公房	砂漠の思想	沼野充義——人／谷真介——年
安部公房	終りし道の標べに	リービ英雄——解／谷真介——案
安部ヨリミ	スフィンクスは笑う	三浦雅士——解
有吉佐和子	地唄|三婆 有吉佐和子作品集	宮内淳子——解／宮内淳子——年
有吉佐和子	有田川	半田美永——解／宮内淳子——年
安藤礼二	光の曼陀羅 日本文学論	大江健三郎賞選評——解／著者——年
李良枝	由煕|ナビ・タリョン	渡部直己——解／編集部——年
石川淳	紫苑物語	立石伯——解／鈴木貞美——案
石川淳	黄金伝説|雪のイヴ	立石伯——解／日高昭二——案
石川淳	普賢|佳人	立石伯——解／石和鷹——案
石川淳	焼跡のイエス|善財	立石伯——解／立石伯——年
石川啄木	雲は天才である	関川夏央——解／佐藤清文——年
石坂洋次郎	乳母車|最後の女 石坂洋次郎傑作短編選	三浦雅士——解／森英一——年
石原吉郎	石原吉郎詩文集	佐々木幹郎——解／小柳玲子——年
石牟礼道子	妣たちの国 石牟礼道子詩歌文集	伊藤比呂美——解／渡辺京二——年
石牟礼道子	西南役伝説	赤坂憲雄——解／渡辺京二——年
磯﨑憲一郎	鳥獣戯画|我が人生最悪の時	乗代雄介——解／著者——年
伊藤桂一	静かなノモンハン	勝又浩——解／久米勲——年
伊藤痴遊	隠れたる事実 明治裏面史	木村洋——解
稲垣足穂	稲垣足穂詩文集	高橋孝次——解／高橋孝次——年
井上ひさし	京伝店の烟草入れ 井上ひさし江戸小説集	野口武彦——解／渡辺昭夫——年
井上靖	補陀落渡海記 井上靖短篇名作集	曾根博義——解／曾根博義——年
井上靖	本覚坊遺文	高橋英夫——解／曾根博義——年
井上靖	崑崙の玉|漂流 井上靖歴史小説傑作選	島内景二——解／曾根博義——年

▶解=解説 案=作家案内 人=人と作品 年=年譜を示す。 2022年5月現在